유리

Glass
by John Garrison
First published 2015 by Bloomsbury Academic,
an imprint of Bloomsbury Publishing Inc.,
New York, as part of the Object Lessons series,
a book series about the hidden lives of ordinary
things. Copyright © John Garrison, 2015.
Korean translation copyright © Youngjune
Joo, 2017. All rights reserved. This translation
published by arrangement with Bloomsbury
Publishing Inc., New York, through Shinwon
Agency Co., Seoul.

유리

1판 1쇄 2017년 9월 15일 펴냄
1판 2쇄 2017년 10월 31일 펴냄

지은이 존 개리슨. 옮긴이 주영준. 펴낸곳 플레이
타임. 펴낸이 김효진. 제작 인타임.

플레이타임. 출판등록 2016년 4월 20일 제2016-
000014호. 주소 서울시 양천구 신정이펜1로 51,
410동 101호. 전화 02-6085-1604. 팩스 02-6455-
1604. 이메일 luciole.book@gmail.com. 플레이
타임은 리시올 출판사의 문학·에세이 브랜드입
니다.

ISBN 979-11-961660-4-5 04800
ISBN 979-11-961660-0-7 (세트)

Object Lessons 4

유리

___

존 개리슨 지음
주영준 옮김

PLAY
TIME

차례

일러두기

1. 본문의 각주는 모두 옮긴이 주입니다. 본문에
   서 옮긴이가 첨가한 내용은 대괄호(〔 〕)로 묶어
   표시했습니다.

2. 단행본, 신문, 잡지에는 겹낫표(『 』)를, 시, 영화,
   드라마, 영상, 사진, 노래, 게임 등에는 낫표(「 」)
   를 사용했습니다.

유리

2014년 초 친구가 코닝사Corning에서 제작한 단편 영상의 링크를 보내 주었다. 코닝, 주로 주방 용품을 제조하는 대기업으로만 알고 있던 곳이다. 영상에는 유리 표면마다 인터랙티브 기능이 내장된 초현대적인 가재도구들이 등장한다. 나는 이 단편을 어떻게 받아들여야 할지 몰랐지만 영상이 사람들에게서 반향을 불러일으킨 것은 확실했다. 이 영상의 유튜브 조회 수는 2,400만이 넘었다.◇ SF의 오랜 팬인 나는 영상에 등장하는 기술 하나하나가 풍기는 미래적인 분위기에 깊은 인상을 받았다. 또 나는 인터랙티브 테크놀로지 분야의 대형 컨설팅 회사에서 일한 경험이 있으며, 당시 대부분의 클라이언트가 코닝 같은 유명 기업이었다. 인터넷으로 조금 찾아보니 코닝은 단순한 주방 용품 제조 기업이 아니었다. 전구에서 자동차 앞유리, 아이폰 스크린에 이르기까지 거의 모든 종류의 유리 제품을 생산하며 시장을 선도하는 100억 달러 규모의 초

◇ https://youtu.be/6Cf7IL_eZ38. 현재는 2,600만이 넘는 조회 수를 기록 중이다.

대형 기업이었다. 코닝이라는 기업에 대해 더 알고 나니 이 영상과 내가 다른 점에서도 연결되어 있음이 느껴졌다. 나는 코닝만큼이나 유명하며 역사도 오래된 브랜드인 리바이 스트라우스 앤드 컴퍼니의 국제 전략 부서에서 커리어를 시작했으니 말이다(리바이 스트라우스 앤드 컴퍼니는 1853년, 코닝은 1851년에 창립했으며, 두 기업 모두 수많은 혁신을 거치며 지금까지 살아남았다). 물론 유리의 역사는 코닝보다 훨씬 길다. 수천 년 전부터 동아시아와 이집트, 로마는 숙련된 유리 제조 기술을 보유했고,[1] 셰익스피어 시대에 이르면 발전된 유리 기술이 과학 분야에서는 새로운 발견을, 시각예술 부문에서는 새로운 기법을 촉진했다. 그리고 이 점에서도 나는 개인적으로 코닝의 영상과 연결되어 있다. 인터랙티브 및 마케팅 분야에서의 첫 커리어를 마친 뒤 르네상스 시대 문학을 연구하고 가르치는 일을 시작하게 되었기 때문이다.

이 영상이 나를 자극한 점이 하나 더 있다. 영상은 우리의 일상 곳곳에 유리가 있다는 사실을 강조한다. 나 역시 예전부터 유리가 우리의 집 곳곳을 채우고 있는 사물이라고 생각했다. 우리는 물을 따르려고 컵을 달라고 할 때 "컵glass 좀 줘"라고 말하며, 인쇄물 글자가 작아 읽기가 어려울 때는 "안경 glasses을 어디 뒀더라?"라고 말한다. 또한 유리는 거울, 창문, 텔레비전, 탁자 같은 제조품의 원료가 된다. 중세 초에 glass 라는 단어는 거울을 뜻하기도 했으며, 르네상스 시대 초입에는 모래시계를 지칭하기도 했다.[2] 그리고 코닝의 영상이나 우리 일상과 마찬가지로 르네상스 문학에도 유리라는 단어가 어디에나 등장한다.[3] 일상적 삶과 학술적 삶에서 나는 눈을 돌리는 곳마다 유리를 마주치는 셈이다.

유리란 정확히 무엇일까? 과학자 친구들마저도 똑떨어지는 답을 내놓지 못했다. 유리가 액체인지 고체인지도 여전히 논란거리다. 유리는 어느 한 범주에 딱 맞아떨어지기를 완고히 거부한다. 유리를 만지면 고체로 느껴진다. 하지만 앞으로 이 책이 보여 줄 것처럼 유리는 다공성과 가변성, 소멸성을 비롯해 다양한 속성을 지녔다고 상상되어 오기도 했다. 극심한 불안정성 또한 유리의 특징으로 여겨졌는데, 이는 단순히 금이 가거나 깨지기 쉬워서만이 아니다. 유리는 무엇을 반사해 비추기도, 불투명하게 가리기도, 투명하게 보여 주기도 하며 때로는 이러한 작용들을 동시에 일으키기도 하기 때문이다. 유리는 때론 명료함을 위해 또 때론 불명료함을 위해 사용되며, 나아가 깊이라는 환상을 불러일으키는 동시에 표면을 구획한다.

우리가 종종 유리와 결부시키는 물리적 작용들—응시, 비춤, 투명함—은 또한 우리가 우리 자신과 세상을 지각하는 법을 기술하는 추상적인 개념으로도 기능한다. 유리 덕분에 작가나 영화감독 들은 세계와 세계 안에 있는 우리를 바라보는 방식에 대한 놀랍고도 때로는 직관에 반하는 통찰을 제공할 수 있었다. 근래에는 인터랙티브 유리가 등장해 인간이 이 물질에 관해 오랜 기간 품어 온 환상—연결되고자 하는 우리 욕망에 반응하는 성질을 타고났다는—을 한층 자극하고 지원하고 있다. 코닝의 영상에 대해 생각하고 친구들과 의견을 나눌수록 역사 속에서 유리가 묘사된 방식과 유리 관련 기술이 발전한 방식 사이에 명확한 연관성이 있다는 확신도 커졌다. 아주 오랫동안 인류는 유리가 인간과 인간, 인간과 객체의 새로운 상호작용을 약속하는 독특한 물질이라 상상해 왔다. 유리에 대해 더 알게 되면서 나는 투명하다고 가정되지만 인간·정보·기계가 맺는 관계나 인간과 인간이 욕망하는 대상·경험이 맺는 관계 사이에서 완충제 역할을 하는 이 사물에 더욱 관심을 기울이게 되었다.

이 책은 우리가 일상생활에서 늘 마주치는 가장 친숙한 대상 중 하나가 함축하는 의미를 추적한다. 나는 우선 벽, 자동차 앞유리, 창문, 조리대, 안경, 여타 투명한 유리 표면을 상호작용과 가상 체험의 장으로 전환한 새로운 인터랙티브 테크놀로지를 출발점으로 삼아 혁신적인 유리 사물들이 우리가 표층과 심층, 투명함과 반사, 고체와 액체의 구분을 생각하는 방식에 어떤 영향을 미쳤는지 이야기할 것이다. 그런 다음 셰익스피어에서부터 현대 SF 영화에 이르는 광범위한 묘사를 검토해 우리의 문화적 상상력이 어떻게 상호작용 능력—오늘날에야 첨단 생산물과 기술로 실현되고 있는 새로운 형태의 친밀함과 소망 실현을 산출할 수 있는 능력—을 유리에 스며들게 했는지 탐사할 것이다.

열여덟 장으로 이루어진 이 책에서 나는 유리 자체가 작용하는 방식을 본떠 폭넓은 사례를 뜯어보고 훑어보고 확대해 보고 검사해 볼 것이다. 유리는 많은 것을 할 수 있다. 투명하고 전혀 보이지 않을 때조차도 유리는 그 너머에 있는 것을 우리가 경험하는 방식에 영향을 미친다. 우리가 보는 것에 유리가 가하는 작용은 우리가 유리를 통해 보면서 우리 스스로에게 하는 작용과 같다. 우리나 유리나 어떤 상황에서도 무언

가를 비추고 흐릿하게 만들고 확대하고 투사하고 왜곡하고
조망speculate◇하지 않는가.

◇ 책 전체에 걸쳐 지은이는 인간이 유리에 품는 욕망을 설명하면서 speculate,
speculative, speculation이라는 단어를 자주 사용한다. 이 어휘군은 '숙고하
다'라는 뜻부터 '투기하다'라는 부정적인 의미까지 아우르지만 대체로 미래
등의 '불확실함'을 가늠하고 내다본다는 의미를 함축하고 있다. 지은이가 다
양한 상황에 이 표현들을 사용하고 있고 어느 한 단어로 일관되게 번역하기
가 까다롭다고 판단해 맥락에 따라 '조망', '사변', '추측', '내다봄' 등으로 번
역했고, 필요하다고 판단할 경우에는 원어를 병기했다.

1

「유리로 만든 하루」

현대의 일상에서, 아니면 적어도 사변적인 버전의 현대에서 이야기를 시작해 보자. 코닝사의 최근 영상인 「유리로 만든 하루」A Day Made of Glass는 이 기업이 그리는 가까운 미래의 모습을 보여 주는데, 이 미래 세계에서는 유리 표면이 우리의 일상적 경험을 다양하게 재구성한다. '유리로 만든 하루'라는 제목은 유리에 세계 제작worldmaking의 역량을 부여한다. 이 책 곳곳에서 '유리로 만든 하루' 스타일의 표현이 메아리칠 것이다. "유리로 만든 세계"를 묘사하는 에드먼드 스펜서의 16세기 서사시부터 구글 글래스 사이트의 '글래스를 통해 보는 세계에 오신 것을 환영합니다'라는 광고 문구에 이르기까지 말이다. 이 영상에서 코닝은 갖가지 유리―욕실 거울, 집의 창문, 자동차 앞유리―로 둘러싸인 우리 세계가 현재의 경험을 변화시켜 미래 경험에 직접 닿게 해 줄 준비가 되어 있다고 말하려는 듯하다.

　「유리로 만든 하루」는 "가까운 미래의 어느 날 아침 일곱시"라는 자막으로 시작된다. 침실, 한 쌍의 여성과 남성이 잠에서 깨어난다. 이 집은 우리를 편안하게 해 주려는 듯 현대와 초현대를 아우르는 익숙한 느낌의 미래적 디자인으로 꾸며져 있다. 집은 깔끔하게 정리정돈되어 있다. 침실 벽면의 유리 패널에서 새 지저귀는 소리가 들려와 두 사람을 잠에서 깨운다. 이어 한쪽 벽면 전체를 이루고 있는 불투명 태양광 창문이 투명하게 변하며 햇살이 침실로 쏟아진다(더는 커튼이나 블라인드가 필요하지 않다). 가구와 수납장, 바닥은 베이지색을 비롯한 천연색을 띤다. 영상 속 미래는 이상적인 형태의 현대인 셈이다.

하지만 이 영상은 단순히 미래의 상황을 제시하는 데 그치지 않는다. 더 중요한 점은 영상에서 유리가 미래를 향한 접속 매개가 된다는 것이다. 잠에서 깬 여성은 건축용 디스플레이 유리 architectural display glass로 만든 거울에 비친 자기 모습을 보고 이를 닦으며 하루를 시작한다. 그러면서 거울에 뜬 캘린더로 오늘의 일정을 확인한다.

별도로 분리된 컴퓨터 모니터 따위는 없다. 인터페이스는 유리 안에 내장되어 있고, 그녀와 일정표를 분리하는 어떤 틀이나 파티션도 존재하지 않는다. 이러한 패널 거울은 가까운 미래가 취할 모습을 우리 머릿속에 불러온다. 이 거울은 양치하는 여자의 현재 모습을 수정처럼 깨끗하게 반사하는 동시에 캘린더를 띄워 미래의 순간을 투영한다. 유리는 이음매 없는 동시성을 약속한다.

부엌에 놓인 냉장고 문도 유리 소재로 되어 있으며 다양한 화면과 영상을 출력한다. 더는 가족사진이나 조잡한 마그넷을 붙여 둘 필요가 없다. 가족사진 대신 살아 움직이는 가족 영상이 아침에 눈뜬 가족의 삶에 자리 잡는다. 그러므로 사진

〈그림 1〉 인터랙티브 욕실 거울(『유리로 만든 하루』의 한 장면, 코닝 제공)

이나 영상 클립을 보기 위해 스마트폰을 찾을 필요도 없다. 딸은 냉장고 문에 뜬 얼굴 이미지 하나에 수염과 안경을 그려 넣는다. 사진이 영상이 되고 또 거기에 낙서할 수도 있게 되면서 과거의 순간은 더 이상 정적이지 않고 생기를 부여받으며, 가족의 아침에 활기찬 분위기를 가져다준다. 또 고전적인 인덕션의 외관을 흉내 낸 내열성과 영상 재생 기능을 갖춘 건축용 외장 유리architectural surface glass의 표면은 한쪽에서는 팬을 달구고 그 옆에서는 일기예보 화면을 띄운다.

자동차의 투명한 유리에 뜬 내비게이션 지도가 가족이 가야 할 길을 표시해 주듯 영상 속의 유리 표면은 늘 앞으로 해야 할 일을 떠올려 준다. 부엌 장면에 이어지는 버스 정류장 장면에서도 유리의 이런 기능이 부각된다.

가족이 집을 나서기 전에 전화가 한 통 걸려 온다. 전화기는 한 손에 들어오는 직사각형 모양의 단순한 디스플레이 유리다. 유리로 된 부엌 테이블 표면에 유리 전화기를 올려놓자

〈그림 2〉 인터랙티브 부엌 테이블(『유리로 만든 하루』의 한 장면, 코닝 제공)

영상 통화가 테이블로 연결되고 아빠와 두 딸은 할머니와 얼굴을 마주보고 통화를 나눈다. 『유리로 만든 하루』는 우리가 '테두리 없는 몰입형' 유리를 보고 있다고 여러 번 강조한다. 이는 디스플레이 형식에 대한 기술적인 묘사이자 이러한 사물들이 매우 쉽게 우리 일상 세계에 침투하게 되리라는 메시지다. 이로써 우리는 유리가 개인들을, 복수의 사람을 이어 준다는 사실을 떠올리게 된다. 실제로 영상에 등장하는 모든 인터랙티브 유리는 멀티 터치 기능을 보유하고 있으며(즉 여러 사람이 동시에 스크린을 조작할 수 있다), 종종 다른 곳에 있는 사람들과 의사소통하거나 협업하는 데 사용된다. 그러므로 영상의 이미지들은 (우리가 경고받곤 하는) 기술이 지배하는 냉혹한 미래 세계, 유리 스크린이 우리를 점점 더 고립시키는 세계와는 상당히 거리가 있다.

협업을 다루는 장면을 하나 살펴보자. 한 여성이 앞서 등장한 전화기와 비슷하게 생긴 네모난 유리 조각을 유리 테이블에 올리자 테이블 위로 의상들의 디자인 세부 정보가 펼쳐지고 모델이 그 옷들을 입고 자세를 취하는 영상이 재생된다. 영상에 등장하는 다른 유리 표면들과 마찬가지로 이 테이블도 터치로 조작된다. 데이터가 담긴 작은 물체를 유리 테이블에 올리면 그 안의 데이터가 실세계에 펼쳐지는 이러한 장면 연출은 뒤에서 자동차 회사 사이언의 세일즈 전략부터 영화 「어메이징 스파이더맨 2」에 이르는 다양한 예시를 통해 다시 살펴볼 것이다. 유리 테이블 표면이 다른 유리 제품과 연동되면 모든 것이 스크린이 될 것이므로 별도의 컴퓨터 스크린이 필요하지 않게 될 것이다. 영상에는 의류 디자인 회사만이 아니라 다른 회사들도 등장한다. 이 영상은 인터랙티브 유리라는 개념을 판매할 뿐 아니라 인터랙티브 유리가 직접 상품을 판매하는 사업 분야를 부각시킨다. 유리 덕분에 우리는 상품들이 한층 돋보일 미래를 상상할 수 있으며, 그리하여 그것들을 원할 만한 사람들 앞에 그 상품들을 매력적인 모습으로 전시할 수 있게 된다.

2012년 코닝사는 「유리로 만든 하루 2: 같은 날」A Day Made of Glass 2: Same Day이라는 제목의 후속작을 제작했다. 같은 세계, 같은 가족이 등장한다. 이번에는 딸의 관점에서 이야기가 시작된다. 손바닥만 한 크기의 디스플레이 유리 태블릿에서 흘러나오는 음악이 소녀를 깨운다. 태블릿에서는 삼차원 홀로그램 이미지들이 투사된다. 처음에는 해가 뜨듯 태양 이미지가 나타나며 이어 그녀와 친구들 이미지가 떠오른다. 마치 꿈속 이미지들이 하나둘씩 나타나 그녀를 잠에서 깨우는 것 같다. 그런 뒤 응답을 요하는 메시지와 일기예보 등 한층 구체적인 이미지가 이어진다. 엄마의 욕실 거울과 마찬가지로 딸의 옷장 문 역시 테두리 없는 디스플레이 유리 패널로 만들어져 있다. 이 유리 패널은 이번 주 날씨, 수업 준비물, 레드우드 주립공원 소풍 계획 등 미래에 대한 갖가지 정보를 보여 준다. 소녀는 '의상' 탭을 터치하고 거울에 비친 가상 공간을 이용해 오늘 입을 옷을 코디해 본다.

　이 장면은 거울을 보는 일에 내포된 독특한 역학을 상기시킨다. 우리는 '내가 어떻게 보일까?'라는 질문이 떠오를 때 거울을 보며 답을 찾곤 한다. 아마 이 질문의 진짜 의도는 '다른 사람 눈에 내가 어떻게 보일까?'일 것이다. 코닝의 영상에서 딸이 자기가 어떻게 보일지를 고민하면서 거울에 비친 모습을 미래의 모습과 겹쳐 보는 장면은 이러한 '진짜 의도'를 명확히 드러내 준다.

　자동차 안에서 두 딸은 아빠를 놀래키려 유리 대시보드에 하트 이미지를 띄우는 장난을 친다. 아빠는 화면을 보고 미소 지은 뒤 회의가 한 시간 정도 남았다는 사실을 떠올린다. 유리는 미래의 일들을 환기시킴으로써 우리의 현재를 유지해 준다. 아이들을 내려 준 뒤 아빠는 고속도로 표지판을 대체한 대형 디스플레이 유리에 뜬 공사 및 사고 정보를 확인하며 차를 운전한다. 유리의 다채로운 활용성을 드러내는 여러 장면 중에서도 특히 언급하고 싶은 장면이 하나 있다. 미국에 있는 듯 보이는 한 병원에서 의사가 벽면형 디스플레이 유리를 바라본다. 유리를 통해 그는 아시아에 있으리라고 짐작되는 의사가 치료 중인 환자에 대한 정보를 읽는다. 두 의사는 동시에 서로의 사이에 있는 벽면형 디스플레이를 바라보는데 이

〈그림 3〉 소풍 갈 때 신을 신발을 고르는 모습(「유리로 만든 하루 2: 같은 날」의 한 장면, 코닝 제공)

벽은 투명하다. 이들은 투명한 유리 벽에 떠오르는 정보를 읽으면서 마치 한 공간에 있는 것처럼 상대방과 얼굴을 마주보고 의견을 나눈다. 이 장면 역시 유리로 만든 세계에서는 고립이 사라지리라는 사실을 상기시킨다.

「유리로 만든 하루」는 가까운 미래에 유리가 도처에 존재하게 될 것임을 보여 주면서 유리와 상상의 산물 간의 연관성을 강조한다. 이 영상과 영상이 비추는 소재들은 새로운 세계를 집중적으로 조명한다. 인터랙티브 물질인 유리는 미래의 경험을 현재의 경험 안에 끼워 넣으며, 새로운 형태의 관계를 약속한다.

2
『맥베스』

오늘날 유리와 미래가 맺고 있는 연관 관계를 더 잘 이해하기
위해 윌리엄 셰익스피어의 비극 『맥베스』*The Tragedy of Macbeth*,
1606에 나오는 특별히 흥미로운 장면 하나를 살펴보자. 마녀
와 마주친 맥베스는 궁금했던 것을 물어본다.

하지만 하나만 더 알고 싶다.
네 기교로 가능하다면, 뱅코의 후손이 이 나라를 다스리겠나?
(4막 1장 116~118행)[1]◇

왕의 관심사는 물론 스코틀랜드의 왕권을 쥐게 될 사람이 자
신의 후손일지 아니면 한때 친구이자 동료였던 자의 후손일
지 여부다. 여기서 '기교'art라는 단어의 용법이 주목할 만한데,
르네상스 시기에 이 단어는 예술적 창작 활동과 우리가 마법
이나 과학, 기술이라고 부르는 것을 동시에 의미했다.

◇ 이 책에 등장하는 문헌 중 한국어판이 있는 것들은 번역본을 참고해 번역했
   으며, 필요할 경우 해당 부분의 맥락에 맞게 수정했다. 다만 원서에서 서지
   정보를 밝히고 있지 않은 경우엔 이 책에서도 따로 명기하지 않았다.

세 마녀는 "보여 줘라!"라는 주문을 읊어 일군의 "환영" shadow을 불러내 맥베스에게 보여 준다. 그런데 이 환영들은 고대 영어에서 유령을 뜻했던 shade와 완전히 같지는 않다. 환영들은 이미 죽은 자뿐 아니라 아직 태어나지 않은 자도 포함하기 때문이다. 이 장면의 무대 지시문은 "여덟 왕이 등장한다. 마지막 왕은 거울을 들고 있다. 그리고 뱅코의 모습이 나타난다"이다. 살해당한 맥베스의 친구 뱅코의 망령이 "금관을 쓴" 미래 세대 왕들의 뒤를 따른다. 이 "무서운 광경"의 절정에서 맥베스는 이렇게 외친다.

그런데도 여덟째가 나타나, 더 많은 왕을
비춰 주는 거울을 들었구나. 그 중 몇은
이중의 구와 삼중의 홀을 들었구나. (4막 1장 135~137행)

이중의 구는 뱅코의 핏줄인 제임스 1세✤의 즉위식 이미지를 암시한다. 이 장면은 과거와 현재와 미래를 뒤섞는다. 뱅코의 유령은 맥베스의 최근 과거에 존재했던 사람의 망령이다. 그리고 뱅코의 후손들은 맥베스에게 미래와 관련된 환영이다. 그와 동시에 셰익스피어 시대 관객에게 여덟 왕의 행렬은 과거의 일이며, 제임스 1세의 경우는 현재의 상황이다. 나아가

✤ 제임스 1세(1566~1625)는 스튜어트 왕가 출신의 첫 영국 왕으로서 스코틀랜드와 잉글랜드의 통일을 추구했다. 셰익스피어(1564~1616)는 그의 재위 기간 동안 많은 극작품을 창작했고 『맥베스』도 그 중 하나이다. 제임스 1세는 셰익스피어가 자신의 극단에 '왕실 극단'이라는 명칭을 붙일 수 있도록 허락해 주었다고 전해진다. 또한 그는 이 책 15장에서 다룰 『킹 제임스 성경』의 편찬을 명한 바도 있다.

셰익스피어의 영원성—벤 존슨◇은 셰익스피어를 두고 "한 시대가 아니라 모든 시대를 위한" 시인이라 표현했다—을 고려할 때 작품에서 미래의 인물인 제임스 1세는 후대의 관객에게 과거를 표상한다.

흥미로운 것은 이 장면의 핵심 오브젝트인 거울—셰익스피어의 표현을 빌리면 glass—이 미래를 보는 장치로 사용되는 방식이다. 행렬의 여덟째 왕이 이 거울을 들고 있다는 사실, 그리고 거울이라는 오브젝트가 다중성을 띤다는 사실을 떠올려 보자. 『맥베스』에 등장하는 거울은 조너선 길 해리스가 여러 르네상스 희곡에서 발견해 "때 아닌 물건"untimely matter❖이라 부른 것의 범주에 속한다. 혼란을 초래하는 이 물체들은 "자기 동일적인 순간이나 기간이라는 환상에 도전"을 제기한다.[2] 셰익스피어 연극의 한 장면에서 과거의 등장인물은 거울에 비친 자신의 모습에서 미래를 본다. 길 해리스가 이 특별한 사물을 "단수가 아닌 복수의 시간성을 물질화하는 것"으로 이해했듯, 맥베스가 보는 유리는 미래와 현재, 과거를 하나의 얼굴에 덧씌운다.[3]

거울은 우리를 비일상적인 세계와 연결시키는 성질을 지니기도 한다. 루이스 캐럴의 『거울 나라의 앨리스』*Through the Looking-Glass and What Alice Found There*, 1871 속 앨리스에게 거울은 다른 세계로 향하는 입구이며, 워쇼스키 자매의 「매트릭

◇ 벤 존슨(1572~1637)은 셰익스피어와 동시대에 영국에서 활동한 극작가다.

❖ 조너선 길 해리스는 '르네상스적'이라 여겨지는 사물 중 많은 것이 중세나 그 이전 시대에도 나름의 용도와 의미를 갖고 존재해 왔음을 밝히면서 이러한 사물들을 "때 아닌 물건"이라 명명한다.

스」The Matrix, 1999 속 네오는 거울을 통해 매트릭스의 세계에서 현실로 빠져나온다. 하지만 르네상스 시대의 거울은 우리 시대의 거울과 다르며,『맥베스』의 배경인 중세를 포함해 그 이전 시대의 거울과도 다르다. 르네상스 이전에는 대체로 금속을 연마해 거울을 만들었다. 르네상스 시대에 도입된 수정 거울은 이전의 거울보다 조금 더 정확하게 대상의 모습을 보여 주었지만, 거울에 비친 상은 여전히 왜곡되고 굴절된 형태였고 그래서 실제 모습을 제대로 반영하지 못했다. 데버라 슈거의 지적대로 이 때문에 당대 문학이나 회화에서 거울은 인물의 물리적 형상을 묘사하는 역할을 맡지 않았다.[4] 대신에 거울은 각자가 열망하는 인물(예수그리스도나 성모마리아 같은)을 보고 그럼으로써 자신을 되돌아보거나, 해골이 되어 자신을 되쏘아 보는 그들 얼굴의 미래 형상을 보게 되는 도구로 묘사되곤 했다. 이렇게 거울에 나타나는 인물이나 형상은 일종의 사변적[미래적]speculative 자아다. 다시 말해 장차 닮고 싶은 사람(예를 들어 성모마리아의 은덕을 좇고자 할 때)을 보거나 메멘토 모리[♦]의 사례에서 거울에 비친 이미지처럼 되는 것의 불가피성을 맞닥뜨리게 되는 것이다.

앨런 맥팔레인과 게리 마틴이 지적했듯 중세와 르네상스 시기에 유리 및 거울 기술의 혁신은 '멀리 내다보기'speculation와 관련해 큰 진전──개인의 시야를 증진시킨다는 측면과 추상적인 개념들에 관한 새로운 발상을 정립한다는 측면 모두

♦ '죽음을 기억하라'라는 뜻의 라틴어 문구로 서양 회화 전통에서 거듭 주제로 채택되어 왔다. 해골 초상을 중심으로 모래시계, 녹아내린 초 등 죽음을 상징하는 사물들을 배치하는 기법이 사용되곤 한다.

에서—을 이룩했다.[5] 거울은 기하학의 발전과 인과관계의 이해에 막대한 기여를 했으며, 원근법을 이용한 시각적 실험을 통해 회화의 혁신에도 영향을 미쳤다. 최근에는 물질 문화를 이론화하고 객체를 연구하는 경향이 대두함에 따라 우리의 관심사도 거울이 낳는 결과들에서 거울이라는 객체 자체로 옮겨 갔다. 사라 아메드◇가 상기시키듯 객체는 지향 과정의 핵심이다. 그녀 주장에 따르면 "무언가를 지향한다는 것은 우리가 길을 찾을 수 있도록 돕는 특정한 객체들을 향한다는 뜻이다".[6] 우리는 이 세계에서 어떤 객체가 특수한 힘을 가지는지 질문하기 시작하면서 그녀의 물음을 고려해야 할 것이다. "우리가 지향하는 '것'들은 어떤 차이를 만들어 내는가?"[7]

왜 우리는 유리 앞으로 향하는가? 이것이 우리 책의 핵심 질문 중 하나다. 『맥베스』의 이 장면은 (우리가 다룬 코닝사의 영상이나 앞으로 다룰 소재들과 마찬가지로) 우리가 유리를 보는 것은 거기에 비친 대상을 보기 위해서가 아니라 다가올 세계나 대안적인 세계를 멀리 내다보기 위해서라고 암시한다.

르네상스 시대를 잠시 뒤로하기 전에 마지막으로 멀리 내다보는 거울을 묘사하는 근사하고 흥미로운 표현을 살펴보도록 하자. 조지 개스코인✤은 시 『강철 거울』The Steele Glas, 1576의 에필로그에 이렇게 썼다.

◇ 사라 아메드(1969~)는 현재 런던을 주 무대로 활동하는 인종 및 문화연구 학자다. 파키스탄-영국 혼혈로서, 페미니즘 이론과 퀴어 이론, 비평적 인종 이론, 정동 이론의 교차 지점에서 연구를 수행 중이다.

✤ 조지 개스코인(1525~1577)은 영국 문인이자 군인으로, 엘리자베스 1세 시대의 주요 시인 중 한 명이다. 장시 『강철 거울』 외에 시론 『꽃다발』The Posies, 픽션 『마스터 F. J.의 모험』The Adventures of Master F. J. 등을 남겼다.

당신이 만족할 만큼 보시기 전에 저는 제 거울을 닫으렵니다.

그리고 제 어리석은 자아는 곁눈질로

지금껏 본 적 없는 기이한 군대를 염탐합니다.[8]

맥베스가 본 여덟째 유령이 들고 있던 거울과 마찬가지로 개스코인의 유리로서 텍스트text-as-glass에도 풍부함이 깃들어 있다. 중요한 점은 이 풍부함이 추측을 낳는speculative 풍부함이라는 사실이다. 개스코인이 다시 한 번 마음을 열고 더 많이 썼더라면 우리도 더 많을 것을 볼 수 있었으리라.♦

개스코인은 그가 텍스트에서 자주 사용하는 "기이한 군대" strange troop라는 표현 때문만이 아니라, 만약 그가 다시 펜을 쥐기로 했더라면 후대에 어떤 즐거움을 주었을지 짐작하기 어렵다는 점에서 여전히 추측을 불러일으키는 인물이다. 그는 후원자가 재정 지원을 늘리길 바라며 이렇게 썼다. "주여, 거울을 닫도록 합시다. / 제 가난한 뮤즈가 윙크를 보낼 시간이니." 그리고 이렇게 약속을 열어 두었다.

허나 만약 제 거울이 제 사랑스러운 주군을 좋아한다면

우리는 화창한 여름날을 맞이할 것입니다.

그리고 그와 같은 광경을 다시금 보게 될 것입니다.

♦ 개스코인의 삶은 여러모로 순탄치 못했으며, 『강철 거울』을 쓰던 무렵에는 반역 혐의에 따른 소송(무혐의 판결을 받는다)으로 거의 모든 재산을 잃은 상태였다고 한다. 이후 벌리 공작에게 고용되며 마침내 경력의 전환기를 맞는 듯했으나 이듬해 갑작스럽게 병사했다. 지은이는 이런 곡절을 암시하고 있는 것 같다.

여기서나 코닝과 셰익스피어의 사례에서나 유리 거울은 미래에 대한 약속이 이루어지는 장소다. 개스코인의 텍스트는 그 자체로 독자가 욕망하도록 초대하는 거울이다. 후원자와 시인은 유리를 바라보는 경험을 통해 연결된다. 거울을 읽거나 보는 것은 자신을 고립시키는 행위, 나르시시즘적인 행위가 아니다. 이는 소통과 협업을 고취하는 행위다.

셰익스피어와 개스코인의 상상력 속에서 거울은 뒤를 돌아보고 앞을 내다볼 수 있으며 과거에 생기를 불어넣는다. 뱅코는 미래의 후손들을 보게 되는데 관객에게 이들은 과거 세대다. 그러므로 거울은 관객에게도 작용해 선조들만큼 훌륭해지라고 충고하는 셈이다. 『맥베스』가 집필되기 약 십 년 전쯤 조지 퍼트넘◊은 이렇게 썼다. "기억을 통해……우리가 파악하는, 진실된 것들로 둘러싸인……돌아가신 선조들의 생생한 이미지, 그들의 고귀하고 도덕적인 삶의 방식을 말하자면 거울로 바라보는 것만큼 우리의 영혼을 기쁘게 만드는 일은 없다."[9] 거울은 미래를 내다볼 수 있으며, 그뿐 아니라 과거의 얼굴들을 우리 마음속에 불러올 수도 있다. 하지만 그렇게 과거를 환기할 때조차 거울은 우리를 고무시키고, 현재의 우리에게 활력을 불어넣으며, 미래의 행동에 영감을 주는 예시를 제시한다.

◊ 조지 퍼트넘(1529~1590)은 영국 작가이자 비평가다. 저술 『영시학』*The Arte of English Poesie*으로 영시 운율법 논쟁에 기여했다.

3
「마이너리티 리포트」

스티븐 스필버그가 연출한 「마이너리티 리포트」Minority Report, 2002에서도 유리는 미래를 내보이는 상상적 성질을 지닌 사물로 등장한다. 영화에서 미래의 사람들은 손짓 한 번으로 유리 스크린에 뜬 이미지나 영상을 옮기고 확대하거나 축소한다. 그리고 아마 더 중요한 사실은 우리 중 몇몇도 톰 크루즈처럼 해 보면 마치 영화 속 주인공이 된 기분이 들 거라 상상하리라는 것이다. 우리의 집단적인 문화적 기억에 가장 확실하게 각인된 이미지는 손끝으로 디지털 기기를 조작하는 장면이겠지만, 터치스크린이 일상화된 오늘날에는 그런 장면이 이 영화에서 가장 인상적으로 다가오지는 않는다.

　「마이너리티 리포트」에서 유리 스크린 위에 떠오르는 이미지들은 누군가의 삶에서 치명적인 순간과 관련되어 있다. 이를 고려하면 이 과정이 지닌 힘은 누군가의 마음을 들여다보는 능력에 기반한다고 할 수 있다. 실제로 이 이미지들은 개인의 내면 작용뿐 아니라 그의 미래 욕망까지도 꿰뚫어 본다. 미래에 발생할 살인 사건을 사전에 방지하는 '프리크라임'Precrime 부서를 소재로 삼은 「마이너리티 리포트」에서 유

〈그림 4〉 타인 삶의 경험에 접속하는 톰 크루즈(「마이너리티 리포트」의 한 장면, 20세기 폭스 & 드림웍스 제공)

리는 가까운 미래를 가시적인 이미지로 그려 내는 역할을 담당한다.

타인의 경험 속에 잠시 머무는 것이 발하는 매력은 무엇인가? 에드거 앨런 포의 이야기들에 나오는 '도둑맞은 편지'나 '고자질하는 심장' 그리고 고백과 관련된 여타 사물들과 마찬가지로 「마이너리티 리포트」의 유리 벽 역시 우리 이웃과 친구 들의 얼굴 안쪽에서 끓어오르는 리비도적 충동을 표면화한다. 크루즈가 투명한 표면에 대고 가상의 물체를 조작하는 장면은 유리가 그 자체로 특별한 물체라는 사실을 상기시켜 준다. 우리가 유리를 볼 때 집중하는 것은 객체로서의 유리가 아니다. 우리는 유리 자체가 아니라 그 위에 비친 무언가를 보기 때문이다. 그리고 구글 글래스가 출시되기 십 년 전에 「마이너리티 리포트」는 우리의 그때그때 기분에 반응하며 타인의 삶을 잠재적 구성 요소로 전환시키는 유리 사물을 보여 주었다.

영화는 유리 스크린에 떠오르게 될 이미지들과 더불어 시작되며, 카메라의 시선은 '예지자'들(물속에 누워 다음 살인의 이미지를 기다리는 반쯤 정신이 나간 예언자들) 중 한 명의 눈을 거쳐 미래의 가해자와 희생자 이름이 새겨진 나무 공을 향한다. 톰 크루즈가 조작하는 디스플레이 옆 슬롯에 데이터 저장 장치로 추정되는 몇 개의 유리 조각이 삽입되자 [예지자의] 생각을 스크린 영상으로 변환하는 기술이 작동하기 시작한다. 하지만 유리는 이런 몇몇 장면에서 핵심 요소로 기능하는 데 그치지 않는다. 또 수사관들이 프리크라임을 조사하고자 디스플레이를 사용하는 부분에서는 상호작용 용도로만 쓰이는 것도 아니다.[1] 에드먼드 스펜서의 『선녀 여왕』*The Faerie Queene* 속 구절을 빌리면 스필버그의 세계는 "유리로 만든 세계"다. 한 사례로 누군가가 총을 쏜 듯이 보였지만 알고 보니 광고판 영상이었음이 밝혀지는 장면이 나온다. 또 총에 맞은 희생자는 유리창을 깨뜨리며 건물 밖으로 떨어진다. 크루즈가 갭Gap 매장의 유리문을 통과할 때는 홀로그램 판매원이 인사를 건넨다. 형사들은 커다란 유리창 너머로 예지자들을 바라본다. 이동식 유리 파티션이 수사 본부의 공간을 구획하고 사람들은 일인용 엘리베이터처럼 생긴 유리 탈것에 탑승해 이동한다. 유리 디스플레이는 홍채 인식을 기반으로 신원을 확인하며 맞춤형 마케팅 메시지를 전송한다.

영화 도입부에서 주요 소재로 이용되는 유리 패널은 필립 K. 딕이 쓴 원작 단편에는 등장하지 않는다. 원작 소설에서는 유리 파티션에 뜬 이미지가 아니라 펀치카드 뭉치가 형사들에게 범죄에 대한 사전 정보를 준다. 예지자들은 존 앤더턴

(톰 크루즈)이 살인을 저지를 것이라 예견하는데, 여기에는 의심의 여지 따위는 존재하지 않는 것처럼 보인다. 이로써 추격전이 시작되고 예정된 운명에 대한 한층 철학적인 고찰이 (소설과 영화 모두에서) 전개된다. 소설에서는 앤더턴이 반대편에 의해 '누명을 썼다'framed는 표현이 자주 쓰인다.◊ 범죄물·형사물과 유리 공예에서 공통적으로 사용되는 단어다. 또 '프레이밍'은 욕망의 역학과도 결부되어 있다. 대상을 프레이밍하는 것은 대상의 가치를 암시하거나 그것의 매력적인 속성에 시선을 고정시키는 것이다. 누군가가 범죄 누명을 쓰면 이제 그는 검거하고 싶은 욕망의 대상이 된다. 또한 다른 이에게 누명을 씌우는 과정은 그 죄를 지었지만 들키지 않은 사람에게 쾌감을 준다. 실제로 소설에서 앤더턴은 자신이 저지르지 않을 살인죄 혐의를 뒤집어쓰게 된 배후에 젊은 남자와 바람을 피우는 것 같은 자기 부인이 있으리라고 의심한다(그리고 그의 목숨을 구해 준 수수께끼의 조력자 때문에 이 의심은 한층 증폭된다). 소설에는 유리가 거의 등장하지 않는다. 영상통화에 사용되는 컴퓨터 스크린을 언급할 때나 잠깐 나오는 정도다. 소설의 내러티브는 필립 K. 딕이 주로 관심을 보여 온 전형적인 주제로 채워져 있다. 정부와 군대의 음모, 다중적 시간성, 권태로움과 협박의 혼합이 특징인 관료주의 등등.

영화 역시 관료주의와 정부의 음모 따위의 쟁점을 건드리지만 한층 명시적인 주제는 가족이나 성의 영역과 결부된 욕

◊   영어 단어 frame에는 '틀을 잡다'라는 뜻 외에도 '누명을 뒤집어 씌우다', '표현하다' 등의 뜻이 있다.

망이다. 크루즈가 연기한 앤더턴의 내적 심리, 그가 살인을 저지르게 될지도 모를 이유를 설명하는 요인은 그가 잃어버린 아들(앤더턴이 살인 누명을 뒤집어쓰기 몇 년 전에 유괴되었다)에게 보이는 집착과 연결된다. 초반부 한 장면에서 앤더턴은 아들이 유괴되기 전에 찍은 프로젝터 영상을 본다. 여기서도 유리가 중요한 역할을 맡는다. 벽에 투사되는 홀로그램 영상은 투명한 유리 슬라이드에 저장되어 있는데, 외견상 슬라이드는 투명하고 네모난 유리 조각일 뿐이지만 상당량의 정보를 저장하고 있으며 유리를 통해 마법적인 기술의 힘이 작동할 수 있게끔 한다. 여러 면에서 영화에 등장하는 인터랙티브 유리는 일종의 다방향 타임머신이다. 유리는 앤더턴을 과거의 한 시점에 배치한다. 그는 마치 아들과 함께 있기라도 한 듯 과거를 재생한 홀로그램 영상을 보며 그때 자신이 아들에게 했던 말을 반복한다. 동시에 유리는 아들을 현재에 배치한다. 앤더턴은 좋았던 시절을 다시 사는 반면 아이는 결코 늙지 않는 셈이다. 또한 유리는 프리크라임의 경우처럼 누군가를 미래에 배치하기도 한다. 미래에 자신이 저지르게 될 살인 사건의 이미지를 보고 있는 앤더턴은 이 이미지에 의해 또 다른 시간적 공간에 배치되는 것이다. 그는 유리에 비친 예지자들의 이미지에서 뒤를 돌아보는 자신을 본다. 영화 전반에 걸쳐 카메라는 인간의 눈에 주의를 집중시킨다. 이는 히치콕에 대한 오마주인 동시에 미래의 인간은 발전된 각종 기술이 적용된 유리를 통해 세상을 한층 강렬하게 바라보게 될 것임을 강조하는 장치다. 실제로 크루즈가 연기한 앤더턴은 '클래리티'clarity라는 약물에 중독되어 있는데(그는 눈이 없는 남자에게 이 약을 구입한다), 이런 설정은 너무 많이 보는 것이 건강을 해칠 수 있음을 지적한다.

영화 종반에 앤더턴은 아내와 재회한다. 예지자 아가타는 마지막으로 앤더턴 부부가 미래에 갖게 될 아이를 예지하고 묘사한다. 이리하여 내러티브는 더 공정한 사회(예지자들은 평범한 삶을 누릴 수 있게 되고 프리크라임의 윤리는 엄정한 검토를 받게 된다), 앤더턴 부부의 재결합, 출산의 약속으로 해소된다. 영화는 이와 유사한 궤적을 뒤따르면서 되풀이되는 반영 단계들을 통과한다. 먼저 죽은 아이가 유리 장비를 통해 벽면 디스플레이에 투영된다. 다음에는 앤더턴이 살인자가 된다. 끝으로 앤더턴은 예지자의 마음속에서 아들의 모습으로 재현되는데, 이 아이는 '달리는'run 능력으로 특징지어지니 이는 앤더턴이 영화 내내 했던 바로 그 행위다.

4

현미경의 시야

유리의 역사는 탐험과 발견의 역사이기도 하다. 현미경과 망원경 덕분에 인간은 다른 세계와 멀리 떨어진 곳을 상상할 수 있게 되었고, 그 뒤 탐험과 식민주의 시대가 펼쳐졌다. 유리는 과학혁명에서도 중요한 역할을 수행했는데, 중세와 르네상스 시대 사상가들이 프리즘, 거울, 렌즈 등 다양한 유리 기자재를 활용해 수학을 새롭게 이해하고 빛을 조작했기 때문이다. 오늘날에도 유리는 과학 실험이나 기구의 핵심 요소로 이용된다. 유리 없이는 기압계, 온도계, 비커, 온실, 다종다양한 렌즈도 만들 수 없으니 말이다.

16세기 네덜란드의 어느 렌즈 장인이 짧은 거리에 두 개의 렌즈를 배치하는 실험을 하다가 현미경을 발명했다고 전해진다. 로버트 훅◇은 현미경으로 얻은 다양한 관찰 내용을 런

◇ 로버트 훅(1635~1703)은 영국의 자연철학자다. '세포'cell라는 용어를 현대적 의미로 사용한 최초의 인물로 알려져 있으며, 기체 법칙을 발견하는 데 기여하고 연주시차를 측정하는 등 화학·물리학·천문학 등 다양한 학문 분야에서 선구적 역할을 했다. 또한 저서 『마이크로그라피아』로 현대 현미경학에 초석을 놓기도 했다. 로버트 보일의 추천으로 왕립학회 실험 관리직을 맡았고 후에는 이사회 회원으로 선출된 바 있다.

〈그림 5〉 벼룩이 이토록 매력적으로 보인 적은 없었다(로버트 훅, 『마이크로그라피아』)

던 왕립학회Royal Society◇의 첫 출판 저작『마이크로그라피아』*Micrographia*, 1665에 서술했다. 이 책에는 오랫동안 우리에게 보이지 않았던 세계—바늘 끝의 모양이나 벼룩의 생김새 따위—에 대한 묘사와 삽화가 담겨 있다.

새벽 두 시까지 이 책을 읽은 새뮤얼 피프스❖는『마이크로그라피아』가 "지금껏 읽은 가장 독창적인 책"이라며 찬사를 보냈다. 훅은 현미경이 우리의 세계 안에 새로운 세계들을 열어 줄 것이라고 설명했다.

망원경 덕분에 너무 멀어서 볼 수 없는 것은 더 이상 존재하지 않게 되었다. 그리고 이제 현미경 덕분에 너무 작아서 우리

◇ 자연철학자 및 과학자 들이 중심이 된 자발적 연구자 조직이다. 영국 청교도 혁명 이후 상인·지주·지식인 계층을 중심으로 자연 지식에 대한 욕구가 고양되던 분위기에 부응해 설립되었다. 존 윌킨스, 로버트 보일, 윌리엄 페티 등의 주도로 1660년 정식 발족했으며, 1662년 찰스 2세(그도 회원으로 가입했다)에 의해 '왕립학회'로 공인되었다. 정식 명칭은 '자연 지식의 향상을 위한 런던 왕립학회'The Royal Society of London for Improving Natural Knowledge이다.

❖ 새뮤얼 피프스(1633~1703)는 17세기 영국의 행정가였으며 후대에는 일기를 통해 문필가로 더 알려졌다. 1684년 왕립학회 회장으로 선출된 바 있다.

의 조사를 벗어날 수 있는 것도 존재하지 않는다. 이해할 수 있는 새로운 가시적 세계가 발견된 것이다. 이로써 천상이 열리고 과거의 천문학자들은 전혀 알지 못했던 새로운 별과 새로운 움직임, 새로운 생성 과정을 발견할 수 있게 되었다. 그리하여 우리 발 아래 가까이 있는 지구와 지구를 이루는 아주 작은 조각들이 우리에게 완전히 새로운 것이 되었다. 과거에는 단순히 우주를 이루는 일부로만 파악했던 수많은 생물의 다양한 면모를 이제는 구체적으로 관찰할 수 있다.[1]

훅은 망원경과 현미경이 새 시대를 개시했다고 생각했다. 르네상스 시대의 저술가들은 고대 그리스·로마의 사상가들을 숭배했지만, 이제 이들은 인간 눈을 돕는 새로운 도구 덕분에 가시화된 세계를 "전혀 알지 못했던" 사람들이라 지칭된다. 이 짧은 인용문에서 훅은 "새로운"이라는 단어를 다섯 번이나 사용한다. 유리 기술의 발달로 말미암아 새로운 조사, 새로운 별, 새로운 생물, 이 세계 안팎에 존재하는 다른 세계들에 대한 새로운 이해가 가능해졌음을 독자들에게 강조하고 싶었던 것이리라.

프랜시스 베이컨의 미완성 유토피아 소설인 『새로운 아틀란티스』New Atlantis, 1627는 훅이 『마이크로그라피아』에서 구체화한 관찰의 흥분을 예견했다. 이 소설에서 섬 문명에 당도한 사람들은 과학자 공동체가 실험을 진행하고 지식을 나누는 '솔로몬 학술원'을 발견한다. 『새로운 아틀란티스』는 왕립학회의 청사진을 마련한 저작이다. 왕립학회의 "겸손한 찬양자"였던 누군가는 학회 창립이 제안된 직후에 이렇게 썼다. "왕립학회는 고대인들이 바람과 낭만 속에서만 떠올렸던 것을 구체화했다. 그리고 『새로운 아틀란티스』에 등장하는 솔로몬 학술원이 왕립학회를 예견한 기관이라 할 수 있다."[2] "바람"과 "낭만"이라는 단어는 베이컨의 작품과 실제 과학 학술 단체의 연관성에 관한 찬미자의 묘사가 미래를 예견할 뿐 아니라 (기술 혁신을 이끄는) 현재의 욕망도 조형하는 SF에 우리가 느끼는 매혹과 유사하다는 사실을 알려 준다. 『새로운 아틀란티스』에서 섬의 거주민 중 한 명은 과학자들이 공유하는 장비 목록을 열거하는데,[3] 훅이 새로운 세계를 보게 해 주는 장비라고 언급한 현미경도 이 목록에 포함되어 있다.

아주 미세한 물체까지 선명하게 볼 수 있는 현미경도 있습니다. 현미경을 사용하지 않으면 볼 수 없는 자그마한 곤충이나 곡물, 보석의 흠집, 심지어 오줌이나 피에 들어 있는 세포 같은 것도 우리는 정밀하게 관찰할 수 있지요.[4]

나아가 솔로몬 학술원에서는 착시 현상을 이용해 갖가지 특수한 시각 효과를 일으킬 수 있다.

또 우리는 인공 무지개나 원광을 만들기도 합니다. 물체에서 나오는 가시광선을 반사하거나 굴절·중첩시키는 다양한 방법도 알고 있습니다.[5]

이러한 물건을 발명한 사람들은 굉장한 특권을 누린다.

우리는 전시관과 기념관 용도로 길쭉하고 아름다운 건물을 두 채 갖추고 있습니다. 한 건물에는 온갖 종류의 진귀하고 훌륭한 발견품과 발명품의 견본과 원본이 진열되어 있습니다. 다른 건물에는 주요 발견자와 발명가의 기념상이 놓여 있습니다. 서인도를 발견한 유럽의 콜럼버스, 배의 발명자, 대포와 화약을 발명한 수도승, 음악의 발명자, 문자의 발명자, 인쇄술의 발명자, 천문학의 창시자, 주물 작업의 개발자, 유리의 발명자, 천문학의 발명자⋯⋯등을 비롯해 우리는 유럽 사람들보다 훨씬 많은 위인을 알고 있습니다.[6]

언급된 발명가 조각상들 사이의 연관성을 곰곰이 생각해 보면 유리 기술 덕분에 가능해진 더 폭넓은 상상적 과정들을 떠올릴 수 있게 된다. 콜럼버스와 선박 발명자는 식민지 사업과 직접적으로 연결된다. 세계는 이전 사람들이 상상하던 것보다 훨씬 크며 새로운 관측 장비로 인지적 거리감을 단축시켜 다른 대륙에 도달할 수 있다는 깨달음이 식민 사업을 자극했다. 유리 발명자는 음악이나 문자의 발명자와 같은 위상으로 언급되는데, 이는 유리 기술의 혁신이 예술에도 영향을 미쳤음을 암시한다.

현미경의 시야에 내재된 상상력의 가능성에 영감을 받은 시의 훌륭한 예시 중 하나는 존 던◊의 「벼룩」The Flea, 1633이다.

◊ 존 던(1572~1631)은 구교 명문가에서 태어나 정치인의 길을 꿈꿨지만 비밀 결혼이 발각되어 해직 및 투옥된 바 있는 인물이다. 뛰어난 연애시를 남겼으나 생전에는 출판되지 않았고, 20세기 들어 T. S. 엘리엇 등에게 재발견되었다.

작은 생물 내부의 새로운 세계를 상상할 수 있게 해 준 현미경의 힘을 재치 있게 활용한 이 시는 벼룩의 몸이라는 미세한 공간에 불가능한 가능성과 대안적 세계 들을 품는 역량을 부여한다. 표면적으로 시의 상황은 매우 단순하다. 벼룩 한 마리가 화자와 그의 연인을 물어 그 몸속에서 둘의 피가 섞인다. 피의 섞임은 성관계를 암시하며 동시에 두 사람의 관계를 결혼 비슷한 무엇으로 성문화한다. 그러므로 이들이 섹스하지 않을 이유가 없다. 화자는 "이 벼룩은 당신과 나 그리고 이건 / 우리 신방이며, 결혼식 성전이오"라고 이야기한다. 벼룩의 몸은 연인의 관계가 완성된 장소일 뿐 아니라 혼례가 치러진 장소가 되는 셈이다.[7]

벼룩의 몸속 공간은 외부 세계에서 용인되지 않는 것을 정당화할 뿐 아니라 규범적인 공간/시간을 뒤튼다. 이 시공간은 이미 부부의 신방을 구현해 두었으며, 동시에 화자가 연인에게 갈구하는 현실 세계의 신방을 예고하기 때문이다. 창조적인 공간 논리 덕분에 벼룩의 몸은 설득과 만족 둘 모두로 기능한다. 현실에서 성관계 시도가 실패하더라도 시적 경험은 여전히 성적 결합의 만족을 약속한다. 두 사람이 "만나서 / 살아 있는 이 흑옥의 벽 속에 은거"한다는 시구 덕분에 시의 공간은 복합적인 이세계otherworld가 되며, 이는 벼룩이라는 가상 공간이 두 연인과 신방·성전을 담을 만큼 넓으나 벽으로 인해 여전히 외부 세계와 단절되어 있고 출입이 제한되어 있음을 암시한다. "흑옥"jet은 이 시를 인쇄한 검은 잉크를 상징하는 것처럼 보이기도 한다. 벼룩의 몸이라는 가상 공간은 현실 세계 안에 혹은 그 세계와 평행하게 존재한다. 연인들의 욕망과 상상력이 발산하는 힘만이 이 투과성 경계에 침투할 수 있다.

벼룩의 몸속을 세세하게 들여다볼 수 있는 능력은 훅의 과학적 저작과 던의 문학적 시를 이어 주는 개념인 '향상된 시력'의 좋은 사례다. 베이컨 역시 철학 저작 『신기관』*Novum Organon*, 1620에서 벼룩이 세계를 발견하는 유리의 능력을 입증하는 강력한 실례라 언급한다.

최근에 발명된 유리 장비는 대상의 형태를 확대해 보여 줌으로써 대상 안에 잠재된, 보이지 않는 미세한 부분과 숨겨진 구성, 움직임을 보여 준다. 그 전까지 보이지 않았던 벼룩, 날파리, 벌레의 정확한 모양과 윤곽, 색조와 움직임을 보여 주는 이 기구들을 경이감 없이 인식할 수는 없을 것이다.[8]

현미경이 도입되자 평범한 기생충조차 과학자들에게는 지속적인 매혹의 대상이, 시인들에게는 관능적인 잠재성이 깃든 장소가 되었다. 그리고 베이컨이 명확하게 짚었듯 유리는 지식을 확장할 수 있도록 시력을 증폭하는 동시에 예기치 않았던 낯선 무언가―눈에 보이지 않는 벼룩이든 로맨틱한 관심사든―를 대면할 때 우리 모두가 기대하는 "경이감"을 여전히 발생시킨다.

5
망원경의 시야

갈릴레오 갈릴레이가 망원경을 발명한 것은 아니지만, 이탈리아어로 망원경을 의미하는 '텔레스코피오'telescopio는 1611년에 그가 만든 장비의 이름에서 유래한다. 이 단어는 그리스어로 '먼 거리'와 '보다'를 뜻하는 tele와 skopein을 조합한 것이다. 텔레스코피오는 1619년 텔레스코피움telescopium이라는 라틴어 형태로 영어에 처음 수입되며, 후에 '텔레스코포스'telescopoes가 되었다가 최종적으로 '텔레스코프'telescope로 정제된다. 왕립학회원이자 로버트 훅의 동료였던 로버트 보일◇은 『성스러운 사랑』*Seraphic Love*, 1553에서 "플로렌스에서 갈릴레오의 광학 유리 장비인 텔레스코피오를 본 기억이 있다"고 언급했다. 갈릴레오는 존 밀턴의 『실낙원』*Paradise Lost*, 1667에도 등장한다. 사탄을 묘사하는 장면에서 그가 암시되는데, 이 모습이 후대에 널리 알려지기도 했다.

◇ 로버트 보일(1627~1691)은 갈릴레오 갈릴레이, 프랜시스 베이컨 등의 영향을 받아 근대 과학에 눈을 떴고, 특히 자연과학에서 실험이 갖는 중요성을 강조한 인물이다. 로버트 훅과 함께 '보일의 법칙'으로 알려진 기체 법칙을 발견했다.

마왕은

해안을 향해 걸음 옮겼다. 그의 묵직한 방패,

육중하고, 크고 둥근 하늘의 연장을

뒤로 걸머지고서. 그 넓은 원주는

달처럼 어깨에 걸쳐 있다, 토스카나의 명장이

저녁에 광학 유리로 페솔레의 산정이나 발다르노에서

얼룩진 구체안의 새로운 땅이나

강이나 산을 찾아내려고

바라본 그 달처럼.[1]

사탄의 방패가 달을 닮았음을 시사하는 장면에 등장하는 "토
스카나의 명장"은 이 작품이 완성되기 이십오 년 전에 사망
한 갈릴레오를 가리킨다. "광학 유리"라는 구절은 보일이 사
용한 표현을 반영하며, 관측 장비인 망원경에서 유리가 핵심
역할을 맡는다는 사실을 강조한다.

신성한 존재와 망원경의 관련성은 이 새로운 장비가 보유
한 변형력을 증언한다. 르네상스 시대를 강타한 망원경이 불
러일으킨 경외감은 아메리카 대륙 원주민이 유럽 탐험가들
을 이해한 방식이라며 유럽인들이 묘사한 글에도 드러난다.
1590년에 토머스 해리엇❖은 로어노크섬을 방문해 원주민을
만난 일에 관해 썼다.

❖ 토머스 해리엇(1560~1621)은 수학자이자 천문학자, 인류학자이자 번역가로
   과학 발전에 기여한 인물이다. 갈릴레오보다 약 네 달 먼저 망원경을 통해
   달을 관측했다고도 알려져 있다.

계량 도구, 자철석 침이 달린 항해용 나침반, 여러 기묘한 장면을 보여 주는 유리로 된 관측 도구, 볼록렌즈, 화약, 대포, 책, 글쓰기와 읽기, 저절로 움직이는 것 같은 스프링 시계, 그 외 우리가 가지고 있던 갖가지 물건이 그들 눈에는 낯설게만 보였다. 이 물건들의 원리와 작동 방식이 자신의 이해력을 아득히 뛰어넘는 것이었기에 그들은 이것들이 인간의 물건이 아니라 신이 만들었거나 신이 우리에게 제작 방식을 전수해 준 물건이라 생각했다.[2]

아메리카 원주민이 탐험가들을 신 혹은 신의 제자로 이해했다는 이 인용문을 읽으면 유리가 지닌 경이로운 힘을 다시 한 번 감지할 수 있다.

갈릴레오는 망원경을 이용한 관측으로 중대한 진보를 이뤄 냈다. 이 유명한 천문학자의 관측은 코페르니쿠스의 지동설을 입증해 프톨레마이오스의 천동설을 뒤엎었다. 광학 유리 장비를 통해 그는 인간을 우주의 중심에서 밀어냈고, 별과 행성이 지구 주위를 도는 것이 아님을 밝혔다. 그와 동시에 유리 도구는 우주에서 유일하게 멀리 떨어진 곳을 볼 수 있고 "새로운 땅을 발견할 수 있는"(밀턴의 표현) 필멸자라는 강력한 위상을 인간에게 부여했다. 사람이 거주할지도 모르는 새로운 땅과 새로운 행성을 둘러싼 열띤 토론이 르네상스 시대를 휘감았다. 롤런드 그린은 이 시기의 문학적 창작과 과학적 발견이 공유한 "다른 세계에 대한 인식"이 "근대 초의 정신을 구성하는 요소 중 하나"라고 설명한다.[3] 새로운 세계를 발견할 수 있다는 기대가 불러일으킨 흥분은 방금 인용한 망원경의 시야에 관한 글들뿐 아니라 존 윌킨스◇의 『새로운 세계와 다른 행성에 관한 담론』*Discourse Concerning a New World and Another Planet*, 1638이나 베르나르 퐁트넬❖의 『세계의 복수성에 관한 대화』*Entretiens sur la pluralité des mondes*, 1686에서처럼 책 제목에 직접 등장하기도 했다. 초기 근대의 세계 제작 방식이 "현존하는 다른 세계들"로 구성된 새로운 영역들을 생산했다는 그린의 주장은 현미경이나 망원경으로 볼 수 있는 공상적인 세계를 그렸던 르네상스 시대 시인들의 노력과 상통한다.[4]

퐁트넬의 저작은 화자가 후작 부인의 정원에서 그녀와 밤 산책을 하고 별을 바라보며 대화를 나누는 구성을 취한다. 이 대화는 17세기(와 그 이전)의 사고방식 다수를 압축적으로 보여 준다. 이들은 다른 세계의 실존 여부에 관해 이야기하며 다른 행성에 존재할지도 모르는 생명체를 추측하기도 한다. 후작 부인이 능동적으로 이론들에 질문을 던지고 비판을 제기한다는 점도 이 책이 지닌 과학사적 의의라 할 수 있다(퐁트넬은 양성이 똑같이 교육받아야 한다는 강한 신념을 품고 있었다). 이에 부합하게도 퐁트넬의 책을 처음으로 영역한(『새로운 세계의 발견』*A Discovery of New world*이라는 제목으로 출간되었다) 사람 역시 여성 시인이자 극작가였던 애프라 벤❖이었

◇ 존 윌킨스(1614~1672)는 성직자이자 자연철학자이며, 왕립학회의 설립자 중 한 명이었다.

❖ 베르나르 르 보비에 드 퐁트넬(1657~1757)은 프랑스 계몽주의 사상가로서 백과전서파의 일원이기도 했다. 문학자였지만 천문학에도 조예가 깊었고 과학 지식의 보급을 추구했다.

❖ 애프라 벤(1640~1689)은 영국 왕정복고기에 극작가이자 시인, 번역가, 소설가로 활동한 문인이다. 최초의 여성 전업 작가 중 한 명으로, 버지니아 울프

다. 영국에 번역된 뒤 이 책은 프랑스에서와 마찬가지로 여성 독자를 위한 고전이 되었다.[5] 벤 자신도 다른 세계가 존재할 가능성에 매료되었고, 또 독자들이 퐁트넬 저작 속 여성 대화자를 긍정적으로 평가하도록 노력을 기울였다.[6]

밀턴은 발다르노를 방문해 갈릴레오를 실제로 만나고 그의 망원경을 보았다. 망원경 덕분에 갈릴레오는 새로운 세계를 접했지만 그와 동시에 그 자신의 세계는 드라마틱하게 축소되었다. 교회가 태양중심설을 지지하는 갈릴레오의 작업을 이단으로 낙인찍었기에 그는 가택 연금 상태로 말년을 보냈다. 넓게 조망하는 행위가 역설적으로 그를 좁은 곳에 가둔 것처럼 보일 수도 있다. 하지만 다른 세계를 꿈꾼다면 물리적으로 구속되어 있더라도 그로부터 탈출할 수 있다.

가 『자기만의 방』*A Room of One's Own*에서 "모든 여성은 애프라 벤의 무덤에 꽃을 바쳐야 합니다. 왜냐하면 여성들에게 마음을 표현할 권리를 얻어 준 사람이 그녀였으니까요"라고 평가했다고 알려져 있다.

6

귀고리와 풍경

존 밀턴의 동시대인이었던 시인 마거릿 캐번디시◆의 작업에서도 우리는 과학혁명의, 특히 망원경이 제시한 가능성에 자극받은 상상력의 반향을 확인할 수 있다. 그녀의 시 「귀고리 속 세계」A World in an Earring, 1653는 우리의 세계 안에서 발견할 수 있는 다른 여러 세계의 모습을 묘사한다. 그녀의 시적 시선은 작은 보석 조각을 향한다.

둥근 귀고리는 황도대의 회합,
태양이 이를 따라 움직이지만 우리는 볼 수 없네.
일곱 개의 행성이 태양 주변을 돌고,
태양은 현명한 사람들이 증명한 것처럼 가만히 서 있네.
반짝이는 다이아몬드 같은 붙박이 별들이
귀고리, 그 드넓은 세계에 박혀 있네.[1]

◆ 마거릿 캐번디시(1623~1673)는 뉴캐슬 공작 윌리엄 캐번디시의 부인으로, 철학과 자연과학, 문학 등 다방면에서 연구와 저술 활동을 벌였다. 하지만 여성이라는 이유로 학술 공동체의 일원으로 인정받지 못했다.

처음에 한 여성의 귀고리 속 세계는 대체로 우리가 사는 세계와 비슷하게 묘사된다. 이어지는 행들에서는 이 작은 세계에 존재하는 것들, 즉 가축, 번개, 천둥, 역병, 광산, 밤, 낮, 도시, 바다, 초원, 정원, 교회, 시장이 추가된다. 우리는 지도를 빠르게 훑어보듯 정보를 습득하게 된다. "여기에는 살을 에는 추위가 있고", "여기에는 초원이 있고", "여기에는 교회가 있고" 등등. 이 기다란 목록을 빠르게 훑은 뒤 캐번디시는 속도를 늦춰 로맨틱한 사랑을 섬세하게 노래하며 시를 마무리한다.

연인들은 애도하지만, 불평할 수 없네.
죽음은 연인의 무덤을 파고
아름다운 여인의 귀에 연인의 죽음을 전하네.
이 귀고리가 깨질 때, 세계도 끝이 나
연인들은 엘리시움으로 나아가네.

「귀고리 속 세계」는 우리가 이 책에서 추적 중인 유리의 여러 속성을 묘사한다. 한 층위에서 유리는 보는 행위를 돕는다. 화자는 미세한 세계를 들여다봄으로써 깜짝 놀랄 만한 발견들을 해 나가기 시작한다. 그와 더불어 우리는 현미경적 시선을 통해 현재의 세계뿐 아니라 미래의 세계까지 보게 된다. 유리를 보는 동안 시간이 빠르게 흘러 연인 중 한 명이 죽고 남은 이가 상대방을 애도하며, 곧 그도 죽음을 맞이해 두 연인은 내세에서 만난다. 이때 귀고리가 깨지며 세계는 종결된다.

다른 층위에서 유리는 반영의 도구이기도 하다. 귀고리 표면을 가만히 들여다보고 있으면 우리 세계와 닮은 하나의 세계가 드러난다. 캐번디시는 세계가 작은 입자 혹은 조각으로 이루어져 있으며 이 입자·조각 들은 단순히 그것들이 순환하는 세계의 더 큰 존재들의 거울상이라고 말한다. 그녀의 시가 고트프리트 빌헬름 라이프니츠의 개념인 '모나드론'을 예견한다고 볼 수도 있으리라. 그의 모나드론에서는 작은 입자들이 다른 입자들을 반영하며 존재한다. 1698년에 라이프니츠는 작은 거울 조각들로 이뤄진 이 세계를 이렇게 묘사했다.

> 물질의 각 조각은 식물들로 가득 찬 정원 그리고 물고기로 가득 찬 연못처럼 이해될 수 있다. 그러나 이 식물들의 각 가지, 동물의 각 지체, 그 체액의 각 방울은 다시금 그와 같은 정원 또는 연못이다.[2]

그는 물질을 이루는 조각 각각을 '모나드'monad라 불렀으며, 이를 "파괴가 불가능한 우주의 거울"이라고 인식해 영혼이 여기 존재한다고 보았다.[3]

또 다른 층위에서 캐번디시의 시는 욕망에 관한 것이라 할 수 있다. 그리고 이 점이 우리가 이제까지 논의해 온 핵심 가닥 중 하나다. 시의 마지막 다섯 행은 연인들의 경험을 줌인하면서 우리가 세계를 유례없이 가까이서 들여다보고 있음을 암시한다. 우리는 낭만적 욕망의 기본 요소로 돌아온다. 이 장면에는 여러 요소가 심층적으로 혼합되어 있다. 연인들은 욕망과 애도를 경험한다. 이들은 무덤에 묻히지만 여전히 존재한다. 캐번디시는 기독교 문화에 깊이 물들어 있었지만 죽은 연인들을 기독교의 천국으로 옮기는 대신 기독교 입장에서는 이교인 고대 그리스 세계관에서 사후 천국 세계를 뜻했던 '엘리시움'으로 데려간다. 환상의 힘을 명상하는 듯한 시에 걸맞은 멋진 결말이다. 연인 중 한 사람이 죽고 남겨진 사람은 이를 묵묵히 받아들인다. 그리고 가장 종말론적인 사건이 벌어진다. "이 귀고리가 깨질 때, 세계도 끝이 나." 하지만 이는 불행한 결말이 아니다. 귀고리 속 작은 우주가 깨지고, 거기 속박되었던 연인들은 그 어느 때보다 자유롭고 이상적인 우주로 해방된다. 이들은 사후 세계에서 재회한다. 귀고리 속 세속적 세계(우리 세계의 거울상인)의 거울상인 엘리시움은 시인의 상상력이 빚은 현미경적 시야 덕분에 가시화되는 세계다.

앤드루 마벌[◇]의 시 「애플턴 저택에 부쳐」Upon Appleton House, 1651에서는 현미경과 망원경이 둘 다 암시되고 있으며, 이 두 유리 도구는 시로 세계를 재창조하는 마벌의 능력과 밀접하게 결합한다. 토머스 페어팩스의 시골 저택에 바친 이 찬가는 유리를 통해 바라보는 행위를 비유 삼아 저택을 회상한다. "소박한 구조"를 언급하며 시작하는 그의 시는 소떼를 이렇게 묘사한다.

반짝이는 풀밭에 있구나.

유리에 펼쳐진 풍경이구나.

넓은 목초지를 작게 보자니

◇ 앤드루 마벌(1621~1678)은 영국의 시인이자 정치가였다. 젊은 시절 의회파 귀족 토머스 페어팩스의 딸 가정교사를 맡아 애플턴 저택에 머물며 많은 서정시를 창작했다.

소는 얼굴에 생긴 점 같기도 하고

눈가에 날아드는 벼룩 같기도 하네.

확대경을 놓고 들여다보니

넓게 풀을 먹고 돌아다니며 천천히 움직이는 것이

꼭 하늘의 별들 같구나.[4]

처음에 시인의 시선은 "유리" 혹은 거울처럼 작용하며, 이는 자신의 시가 자연 세계를 있는 그대로 반영하는 목가적인 장면을 형상화할 수 있음을 내비친다. 하지만 이 인용문에서 더 중요한 것은 시인이 유리처럼 원근을 자유자재로 다룰 수 있다는 점이다. 망원경이나 현미경이 사물을 가깝게 혹은 자세하게 보여 주듯, 이 시는 소를 사람 얼굴에 달라붙은 벼룩이나 작은 점으로 묘사하기도 하고 독자 주위를 회전하는 멀리 떨어진 별로 그리기도 한다.

작은 세계를 들여다보는 캐번디시의 능력과 마찬가지로, 「애플턴 저택에 부쳐」는 과학적 발견의 방법론에 대한 당대의 열망에 부응해 유리를 호출했다고 할 수 있다. 동시에 마벌은 시적인 묘사가 지닌 힘을 주장할 때도 유리의 은유를 사용한다. 시의 뒷부분에서 그는 어떻게 자연이 시골집에 깃드는지 설명하면서 거울의 이미지를 활용한다.

초원의 사방에

마르지 않은 진창이

물기 어린 수정 거울처럼 번들거린다.

만물이 거울에 비친 자신을 바라보며 의심하네.

자신이 그 안에 있는지 밖에 있는지.
빛으로 생긴 자신의 그림자를 바라보며
나르키소스 같은 태양은 비통에 젖는다.

시는 거울처럼 저택 안의 자연 세계를 비추며, 자연 세계는
그 자체를 스스로 반영하고 있는 것처럼 보인다. 이 목가적인
장면에서 "만물"은 풀밭에 고인 물웅덩이에 비친 모습을 바
라보는데, 이로써 시가 찬미한 나무나 소떼 등의 요소가 일종
의 주체성을 부여받는다. 이 스탠자stanza◇는 태양이 물웅덩
이에 비친 자신의 모습을 보며 그것과 함께 머물기를 갈망하
는 장면으로 끝난다. 시인은 회상이라는 렌즈─글로 옮겨지
면 과거의 경험을 되살리고 멀리 떨어진 곳을 묘사할 수도 있
는─가 물리적 장치로 향상된 시각보다도 더 우월하다고 암
시한다. 실제로 마벌의 시는 주관적 지각과 객관적 지각을 혼
합하면 세계를 시각적으로 한층 생생하게 경험하고픈 독자
들의 욕망을 충족시킬 수 있다고 약속한다.

「애플턴 저택에 부쳐」는 호라티우스가『시학』Ars Poetica에
서 내세운 "시는 그림처럼"ut pictura poesis이라는 주장의 함의
를 성취한 것처럼 보인다.[5] 마벌은 풍부한 감각적 디테일과
거울이라는 심상을 활용해 자신의 창작이 낡은 시골 저택을
시각화하는 방식을 강조한다. 나아가 호라티우스는 "시는 그
림과 같다. 어느 경우에나 시야의 관점aim in view이 중요하다.

◇ '멈추는 곳'을 뜻하는 이탈리아어 stanza에서 온 표현으로, 일반적으로 4행
으로 이루어진 연·절을 뜻하지만 그렇지 않은 사례도 적지 않다. 규칙적 반
복과 그 속에서의 변화를 통한 시적 효과를 노리는 기법으로 활용되었다.

세밀화는 가까이서 자세히 봐야 하고, 벽화는 멀리서 봐야 한다"고 설명하기도 한다.[6] 망원경과 현미경에서 받은 영감을 가지고 마벌은 마음껏 유희를 펼친다. 시를 클로즈업해서 살필지 거리를 두고 바라볼지 독자의 선택에 맡기는 대신 그는 시 자체가 어떻게 스스로 다양한 렌즈를 활용해 시를 감상하는 우리의 원근감을 통제하는지를 보여 준다.

7
사진

망원경과 현미경, 카메라는 모두 안경을 개량하려던 초기 렌즈 장인들의 작업에 기원을 두고 있다. 이 광범한 (그리고 물론 얼마간 단순화된) 계보를 생각해 보아도 흥미로울 것이다. 안경은 원래 건강한 사람 수준의 시력을 제공할 목적으로 만들어졌다. 그 뒤 가장 건강한 인간보다도 더 잘 볼 수 있는 렌즈가 개발되었다. 그런 다음 유리는 인간이 본 것을 시각적인 사진 이미지로 보존하는 장비에 활용되기 시작했다. 시각을 보조하는 여러 뛰어난 장비는 모두 유리 기술을 둘러싼 혁신에 기반을 두고 있다. 카메라와 사진 자체를 다루는 글은 충분히 많기에 여기서는 카메라 렌즈가 어떻게 시간의 매트릭스, 자기 반영, 욕망, 세계 창조와 관계 맺는지 고찰할 것이다. 또한 이것이 어떻게 유리를 둘러싼 문화적 매혹과 연결되는지 이야기할 것이다. 이 책이 내내 그래 왔듯 말이다.

　카메라 렌즈와 시간의 관계를 생각하다 보면 유리의 회상적 속성을 떠올리게 된다. 카메라 렌즈는 개인 삶의 어느 한 순간을 보존할 수 있게 해 주며, 사진은 시간이 지난 후 그 사람의 과거 모습을 보여 준다. 또 사진을 통해 우리는 망자의 생전 모습을 볼 수도 있다. 하지만 이에 그치지 않고 사진 렌즈는 현재와 과거, 살아 있는 것과 죽은 것의 이항 대립을 무너뜨리는 한층 더 복잡한 형태의 보기를 가능케 한다. 사진 이미지는 사진 자체의 핵심에 존재하는 변증법적 관계를 노출한다. 한편으로 카메라 이미지는 주체를 "상징적으로 소유할 수 있는 사물로" 변화시키기에 "누군가의 사진을 찍는 것은 살인의 승화"라는 수전 손택의 주장을 포괄한다.[1] 다시 말해 우리는 필름이나 디지털 이미지—원할 때는 언제고 볼 수 있는—로 시간을 고정시켜 누군가를 하나의 사물로 변형시킨다. 다른 한편 사진 이미지는 카메라 렌즈가 재생再生 장치로 기능하는 방식을 보여 주는 전형적인 사례다. 이를테면 롤랑 바르트는 돌아가신 어머니의 소녀 시절 사진을 보면서 사진에 생명을 불어넣는 소생술의 위상을 부여한다. [사진 속에서] 소녀인 어머니는 "당시에 겨울 정원이라 불렸던, 유리로 된 보존 온실 속의 나무 다리 끝"에 있다.[2] 이 이미지 자체가 카메라의 유리 렌즈에 포착된 것과 비슷하게 사진 속 장면도 유리 벽에 둘러싸여 있다. 유리 벽으로 둘러싸인 온실은 인위적으로 봄의 환경을 보존한다(그리고 창밖으로 언제든 겨울을 건너다볼 수 있다). 마찬가지로 유리 렌즈는 소녀의 어린 시절을 사진으로 보존한다(그리고 이 이미지를 바라보며 생각에 잠기는 이는 언제나 그보다 나중 시점에 자리한다). 이 사진 덕분에 바르트는 사진이란 "단독성의 불가능한 과학"이라는 결론에 도달한다. 사진 이미지는 특정한 순간에 놓인 한 개인의 단독적 자아를 불가사의하게 재생산한다는 것이다.[3] 인간인 우리는 계속 자라고 나이 먹고 변화를 겪는다. 하지만 카메라는 놀랍게도 특정 순간에 우리가 어땠는지를 보게끔 해 준다.

바르트에게 이 이미지는 과거와 현재의 이항 대립을 무너뜨린다. 쇠약해진 어머니는 생의 마지막 순간에 "최초 사진의 모습이었던 본질적인 아이와 결합되면서 나의 소녀가 되었다".[4] 유리는 다시 한 번 타임머신처럼 작동한다. 그는 수십 년 전의 어머니와 함께 거기 겨울 정원에 있고, 작은 소녀는 여기 그의 곁에서 함께 어머니를 애도한다. 그는 어머니를 "내 작은 소녀"라 부르는데, 이로 인해 자신에게 아이가 없고 앞으로도 없으리라는 사실을 반추하게 된다. 그는 사진 속 죽은 소녀와 자신의 관계를 "비변증법적인 총체적 죽음"의 전조로 대면한다. 그는 "그 자신이 아닌 타자로 자신을 복제한" 아이를 낳지 않을 것이기 때문이다. 마저리 펄로프는 겨울 정원 사진에 대한 바르트의 사색이 "어머니에 대한 애가일 뿐 아니라 그 자신의 묘비명이기도 하다"고 적절하게 논평한 바 있다.[5] 바르트는 사진과 재생산 사이에 미묘한 연관 관계— 그는 자신을 사진 속 소녀의 아버지처럼 느끼는 한편 본인과 관계 있는 아이[어머니]의 인공적 재현인 사진을 보면서 자신에게 아이가 없음을 깨닫는 사람으로 묘사한다—를 설정함으로써 어떻게 사진이 죽음의 징조를 통해 삶을 확증하는 필멸성의 작동 방식에 대한 독특한 인식을 주는지 강조한다.[6] 사진이 이런 역설들을 가시화하기 때문에 시간과 우리를 인간으로 만드는 것 사이의 관계를 고민하는 사람들은 사진을 예술 형식과 연구 대상으로 주목할 수밖에 없는 것이다.

겨울 정원에 대한 바르트의 사색이 셰익스피어의 한 소네트에서 표현되는 거울에 대한 정서와 공명하는 방식을 살펴보면 카메라의 기술이 우리가 유리와 결부시키는 상상적 과정들과 어떻게 연결되는지 알 수 있다. 셰익스피어의 「소네트 3」에서는 바르트의 논의 주위를 맴도는 여러 요소가 익숙한 시구들로 재조합되어 있다. 청년에게 아이를 낳아야 한다고 설득하는 셰익스피어의 초기 시는 이렇게 마무리된다.

> 당신은 모친의 거울이라 당신을 보고
> 모친은 자신의 예쁜 사월을 보겠군요.
> 그래서 당신은 주름살도 아랑곳없이
> 노년의 창을 통해 황금기를 보겠지만,
> 사는 동안 기억을 남기지 못한다면
> 당신과 함께 그 모습도 죽어 버려요.

셰익스피어는 청년에게 바르트가 겨울 정원 사진을 보며 깨달은 것과 동일한 이해에 닿으라고 권고한다. 어린 소녀의 사진 덕분에 바르트는 나이 든 어머니의 얼굴에서 아이를 보며 또 어머니의 그 얼굴에서 자신의 반영을 본다. 이러한 깨달음은 나이 든 여성의 얼굴과 여전히 본인의 내면에 존재하는 젊음의 감각 모두에 다시 젊음을 준다. 셰익스피어는 청년에게 스스로를 어머니의 "거울"로 이해하라고 간청한다. 어머니가 그의 거울이듯 말이다. 그의 젊은 얼굴은 어머니의 청춘, "사월"을 상기시키며, 그의 모습을 어머니의 젊은 시절과 그 자신의 "황금기"를 보여 주는 창문으로 해석할 기회를 마련해 준다. 어머니 사진이 바르트에게 그가 언젠가 죽을 것이며 아이의 모습으로 복제될 수 없으리라는 것을 가르쳤듯이, 셰익스피어의 시는 "독신으로 죽는다면" 그의 모습이 미래에 복제되지 못하리라고 상기시킨다.

셰익스피어의 「소네트 3」은 이렇게 시작한다. "거울을 바라보며 거기 비친 얼굴에게 / 또 하나의 얼굴을 만들 때라고 해요." 어떤 의미에서 바르트의 사색은 「소네트 3」의 변주나 각색처럼 보이기도 한다. 셰익스피어의 시에서는 거울로, 바르트의 전기적 산문에서는 사진으로 등장하는 유리는 동일한 불안, 동일한 질문, 동일한 갈망을 촉발한다. 아마 바르트 쪽이 조금 더 낙관적일 것이다. 그는 사진 속 소녀를 자기 자녀의 복제물로 이해할 수 있었으며, 셰익스피어 시대의 남자들보다는 아이를 낳아야 한다는 압박감을 덜 느꼈을 것이다. 그렇지만 유리에 비친 자신의 여러 형상과 마주치는 상황에 대한 이 두 묘사는 모두 물질적인 것이 다양한 반응―때로는 자축과 낙관, 기대감 등의, 또 때로는 우울과 자실自失, 유한함에 관한 명상 따위의―을 산출하면서 시간을 무너뜨린다는 사실을 알려 준다.

8
셰익스피어의 소네트

셰익스피어 시대에 glass는 여러 의미로 사용되었다. 그리고 우리 책이 주장하듯 유리의 실제 능력과 상상적 능력에 대한 초기의 사색들은 우리의 문화적 상상력 속에서 이 물질이 차지하는 위상을 증언한다. 셰익스피어의 「소네트 126」은 유리가 지닌 다양한 함의와 환상을 부추기는 힘을 보여 주는 흥미로운 사례다.

오, 내 귀여운 소년, 변덕쟁이 시간의
호리병과 예리한 낫을 쥐고 있네요.
나이가 들면서 커 가는 모습에서
당신은 자라시고 연인들은 시들어요.

이 소네트는 "청년" 혹은 "잘생긴 청춘"이라 묘사되는 한 인물에게 말을 건네는 식으로 구성된 긴 연작의 마지막을 장식한다. 그 뒤에는 "검은 여인"dark lady에 대한 시가 이어진다. 1609년 『셰익-스피어 소네트. 최초본』Shake-speares Sonnets. Never before imprinted이라는 제목으로 154편의 소네트 묶음이 인쇄되었다. 셰익스피어는 이십여 년에 걸쳐 이 소네트들을 작업했고, 마흔다섯 살에 소네트집을 발표할 때까지 친구들에게만 이 소네트들을 공개했다고 한다. 첫 열일곱 소네트는 흔히 '출산 소네트'라 불리는데, 앞서 인용한 「소네트 3」에서처럼 청년에게 아이를 낳으라고 설득하는 내용으로 구성되어 있다. 유리는 이 출산 소네트들에서 막중한 역할을 맡는다. 출산의 장점을 알리는 데 거울이 이용되기 때문이다.

「소네트 126」에서 화자는 청년이 자신보다 우월한 힘을 가지고 있음을 묘사하고자 유리라는 시어를 사용한다. 그는 "세월의 변하기 쉬운 유리"를 들고 있는데, 그 유리 사물의 정확한 본질이 무엇인지는 불분명하다. 청년이 손에 들고 있는 것은 거울이고 셰익스피어의 나이 듦 혹은 청년의 노화를 보여주거나 청년과 대비되는 셰익스피어의 나이를 강조하기 위해 배치된 것일까? 아니면 청년이 들고 있는 유리는 사실 모래시계hourglass인 걸까? 그렇다면 청년의 존재는 우리에게 젊음의 아름다움은 언젠가 사라질 것이며 우리가 한때와 달리 젊지 않다는 사실을 상기시키는 효과를 낳을 것이다. 이 사물이 모래시계라고 상상한다면 청년의 존재는 시간을 표시하는 모래의 운동과 조응할 터다. 모래시계의 유리 또한 모래로 이루어졌다는 점을 생각할 때 우리는 유리가 시간과 어떻게 연관되는지, 나아가 시간의 흐름이 우리가 유리를 보는 법을 어떻게 바꿀 수 있는지에 대한 또 다른 예를 보게 된다. 처음에는 모래였던 것이 유리가 된 다음 모래를 담는 사물로 빚어진 것이 모래시계다.

어느 경우에나 ─ 유리가 늘어 가는 연인의 모습을 비추든 연인의 나이 듦을 표시하는 모래의 흐름을 통제하든―유리는 욕망과 결부되어 있다. 화자는 늙어 가는 자신의 욕망을 강조하면서 청년을 매력적인 대상으로 묘사한다. "귀여운 소년"은 화자가 사랑하는 대상과 소년의 형상을 한 신 큐피드를 동시에 암시하는 것 같다(사랑의 비극적 광기를 고양시키는 큐피드는 이 연작의 마지막 두 소네트에도 등장한다). 「소네트 126」은 궁극적으로 유리 사물을 욕망과 시간이 불가분하게 얽혀 있음을 상기시키는 데 활용한다. 청년은 "[자연의―인용자] 마음에 든 총아"로 묘사되며, 화자는 청년에게 자연이 "보물을 잠시 지닐지도 모르나 길이 간직하는 건 아니"라고 경고한다.

'유리'라는 단어는 이 소네트집에 열 번 등장하며 여러 목적에 이용된다. 「소네트 22」에서 유리는 잃어버린 시간을 되찾고 욕망을 자극하는 역할을 맡는다. 시는 이렇게 시작된다.

젊음과 당신이 함께 가는 한
거울glass은 내가 늙었다고 설득하지 못해요.

시인이 보고 있는 것이 거울에 비친 자기 모습일 수는 있지만 그가 떠올리는 사람은 젊은이다. 거울을 바라보는 행위가 나르시시즘적이라 생각할 수도 있겠으나 셰익스피어는 우리가 거울에서 다른 이의 얼굴을 볼 수도 있다고 환기시킨다. 직관과는 반대로 거울은 우리를 우리 자신에게서 떨어뜨리는 사물이 된다. 「소네트 62」에서 시인은 스스로에게 충고한다.

하지만 내 꼴을 거울에다 비춰 보니

　　찢기고 갈라진 거무튀튀한 늙은이가

　　자애심에 반대되는 몰골을 보여 줘요.

그는 자신을 사랑해야 하는 이유를 이해하지 못하며, 다음 행에서 스스로를 꾸짖는다. "그처럼 자기를 사랑함은 죄악이에요." 거울을 통해 스스로를 보는 행위는 타인들이 나를 어떻게 보는지를 고민하고 마음의 시선을 내 사랑을 받을 만한 타인에게로 이동시킬 기회를 만들어 준다.

　「소네트 5」와 「소네트 6」은 나이 들기 전 청년의 아름다움을 정제해 보존하는 도구로 유리를 상상한다. '출산 소네트'의 핵심을 이루는 이 소네트들은 청년에게 아이를 낳는 일이 시급함을 설득하는 내용으로 구성되어 있다. 시인은 이 상황을 우리가 "유리병에 가둬진 액체 포로"인 "여름의 진수"로 우리 스스로를 달래는 겨울의 초입에 비유한다. 유리병에 갇힌 향수는 여름날의 신선한 향기를 떠올리게끔 해 준다. 유리는 강렬한 "기억"이 된다. 왜냐하면

　　하지만 추출한 향기는 겨울이 닥쳐서

　　형체는 가도 실체는 향기롭게 살아요.

홀리 두건은 르네상스 시대의 향수에 관한 연구서에서 "후각은 다른 감각적인 지각 방식과 마찬가지로 물질적인 대상, 육체, 체화 간의 대체 가능한 관계를 강조한다"고 지적한다.[1] 이는 청년에 대한 셰익스피어의 환상에 특히 잘 들어맞는다.

그래서 여름이 향수가 되기 전에

겨울의 거친 손에 망가지면 안 되니까

빈 유리병을 향기로 채워, 혼자서 죽기 전에

예쁜 것의 보물을 어딘가에 보관해요.

청년은 어린 시절의 정수 일부를 보존함으로써 아름다움을 유지할 수 있다. 여기서 셰익스피어는 유리병vial이라는 은유를 택한다. 유리는 그 자체로 아름다울 수 있으니 말이다. 우리는 향수를 나무나 철제로 된 병이 아니라 유리병에 담는다. 그래야 그 안에 있는 액체를 볼 수 있으며, 이는 향수를 뿌리고 우리가 얻게 될 아름다움을 암시하기 때문이다. 셰익스피어의 소네트와 두건의 주장은 유리가 시각적 감각 작용과만 연관된 것이 아님을 드러내 준다. 향수의 경우 유리는 그 안에 담긴 향을 강렬하고 아름답게 만든다. 급작스레 방출되는 그 향은 쾌락 중추를 자극하고, 추억과 교감하며, 다가올 미래의 만남을 유도해 준다.

9
「유리 심장」

우리가 유리에 다양한 속성을 부여해 마침내 유리가 단순한
무생물 이상의 것이 된다면, 유리와 우리의 만남은 무엇이 되
는가? 우리는 카메라 렌즈로 담은 이미지가 우리를 객체로 만
든다는 수전 손택의 주장을 읽었고, 우리 삶이 유리 패널에
펼쳐지는 한 토막의 경험으로 환원될 수 있다는 것을 「마이
너리티 리포트」를 통해 보았으며, 청춘이 향수와 마찬가지로
유리병에 담길 수 있다고 상상한 셰익스피어의 노래를 들었
다.[1]

밴드 블론디의 1978년 히트곡 「유리 심장」Heart of Glass은 유
리를 깨지기 쉬운 심장을 묘사하는 데 가장 적합한 사물로 포
착한다. 유리 심장이라는 발상은 다른 사물과 접촉할 때 깨지
기 쉬운 우리 육체의 일부를 무기물처럼 묘사하는 표현인 '유
리 턱'을 연상시킨다. 블론디의 노래에서는 아래의 중심 후렴
구가 반복된다.

한때 난 사랑을 했지. 가스 같은 사랑이었어.
곧 사랑은 유리 심장을 하고 있다는 걸 알았지.

리드 보컬 데비 해리는 이 가사로 노래를 시작하고, 우리는 열정적인 사랑은 그르치기 쉬우며 사랑은 변화를 불러오는 능력이 있다는 사실을 곧바로 깨닫게 된다. 두 줄 만에 싱어는 사랑에 빠졌다가 헤어나고 가스는 고체가 된다. 시간 흐름을 따라 상전이—순간적인 감정에서 경직되고 깨지기 쉬운 개인적인 상황으로—가 일어나는 셈이다. 하늘에서 뉴욕시를 바라보는 장면으로 시작하는 뮤직비디오의 시선은 거리의 네온사인들을 비추며 스튜디오 54◊에 다다른다. 디스코볼이 클로즈업되고 데비 해리가 첫 가사를 노래한다. 80년대를 상징하는 이 노래는 마크 크리스토퍼의 「스튜디오 54」54, 1998나 제임스 그레이의 「위 오운 더 나잇」We Own the Night, 2007같이 80년대 디스코 신을 다루는 여러 영화에 삽입되었다. 좀 장난스럽게 말하자면 이 디스코볼이 바로 블론디가 탄식하는 '유리 심장'이라고 상상해 볼 수도 있을 것이다. '미러볼'(참고로 미러볼은 20세기 초부터 사용되었다)은 사랑의 실패가 초래하는 파국적 결말을 상징하는 듯 보인다. 그것은 우리 시선을 사로잡고, 신나게 춤추는 사람들의 에너지원이 되기도 한다. 하지만 미러볼은 빛을 발산하는 원천도 아니고 주변 세계를 정확히 비추지도 않는다.

앞서 살펴보았듯이 사라 아메드는 우리가 누구이며 우리가 어떻게 욕망하는지를 조형하는 데 있어 객체들이 중요한 역할을 맡는다고 주장한다. 우리가 어디에 있으며 무엇을 지

◊ 1977년 뉴욕에서 나이트클럽으로 설립되었고, 현재는 브로드웨이 극장으로 사용되고 있다. 그 시대 디스코 붐의 상징적 장소로 알려져 있다.

향하는지를 결정하는 것이 객체이기 때문이다. 존 던의 시 「부서진 마음」The Broken Heart은 객체 지향의 흥미로운 사례를 보여 준다. 이 시는 사변적speculative 자아를 생성하는 유리의 능력을 생생히 묘사하는데, 이때 이 자아가 꼭 긍정적 가치를 지니는 것은 아니다. 화자는 데비 해리와 마찬가지로 실패한 로맨스를 애통해한다. "그대를 처음 보았을 때 / 내 심장은 어떻게 되었겠소? / 나는 그 방 안에 심장을 가지고 들어갔으나 / 방을 떠날 때는 아무것도 가져가지 않았소."[2] 큐피드의 화살이 "처음 단 한 번에 쳐서 내 심장을 거울처럼 산산조각" 냈다던 그의 시는 이렇게 끝난다.

> 그러나 무에서 무로 전락할 수는 없는 것.
>   또한 어느 곳도 완전히 비어 있을 수 없소.
> 그러므로 나는 내 가슴이 그 모든 파편을 여전히
>   간직하고 있다고 생각하오. 그들이 비록 결합되진 않았지만.
> 그리고 지금, 깨진 거울 조각들이
> 수많은 작은 얼굴을 보여 주듯이, 그렇게
>   내 심장의 넝마 조각은 좋아하고 소망하고 사모할 순 있지만
>   한 번 그런 사랑을 한 후에, 다시는 더 사랑할 수 없으리다.

이언 보고스트가 2012년에 출간한 객체 연구서의 제목을 빌리면 「부서진 마음」은 "사물이 되는 것이 어떤 기분인지"what it's like to be a thing를 느끼게 하는 거절의 힘을 보여 준다. 상대방에게 매력을 인정받지 못하면 욕망하는 주체의 지배적 위치가 약화될 수 있다. 다른 주체의 거절하는 시선이 가하는

〈그림 6〉「거울을 보고 있는 로절린드」(필립 크레이카렉, 2015)

파국적인 압박catastrophic duress으로 인해 주체가 객체로 전환
되기 때문이다. 주제를 부각하고자 던은 깨진 거울을 통해 시
를 구조화한다. 화자가 연인을 노래하는 편안한 스탠자는 시
주러caesurae[휴지기]와 더불어 거칠고 과장된 마지막 스탠자
로 전이되고, 그의 마음은 부서진다. 거울은 화자가 미래에 겪
을 심적 고통을 예견하며, 연인의 거절이 어떻게 특정한 미래
의 가능성들을 배제하는지를 상징적으로 보여 준다는 점에
서 이중적으로 사변적이다.[3]

　유리는 인간이 그 위에 투영하는 것들로 인해 복잡해지는
객체다. 마찬가지로 우리의 애착 대상인 사람들은 우리가 욕
망을 투영하는 스크린이 된다. 블론디의 노래와 던의 시는 타
인의 욕망이 담긴 시선을 받을 때 혹은 거절당해 주체성을 상
실할 때 우리가 어떻게 객체가 되는지 강조한다. 새로운 유리
기술들은 인간과 기계의 경계를 흐려 주체와 객체 사이의 이
분법적 구별을 새롭게 질문한다. 얼마나 많은 인터랙티브 유

리 표면이 인체가 발산하는 자연적 전기에 반응하도록 설계되었는지 생각해 보라.

그런데 거울조차도 인공물과 실재에 관한 우리의 구분을 혼란에 빠뜨린다. 저명한 정신분석가 자크 라캉은 자신의 정체성 형성 이론의 중심에 유리를 놓는다. '거울 단계'는 어린 아이가 거울에 비친 이미지를 알아보고 스스로를 타인과 분리된 존재로 이해하게 되는 시점을 표시한다. 아이는 자신만의 정신적인 내면을 지닌 주체이자 다른 주체들의 시선 앞에 놓여 있음을 이해하는 객체가 된다. 앞서 우리는 거울을 바라보는 것이 단순히 '내 눈에 내가 어떻게 보이는지'만이 아니라 '다른 사람의 눈에 어떻게 보이는지'를 질문하는 행위라고 이야기했다. 여기서 유리는 우리가 단일하고 유기적인 존재라는 사실을, 그리고 그와 동시에 그 범주들이 얼마나 미끄러운지를 상기시킨다.[4]

10

바다 유리

수집가들이 '바다 유리'sea glass라고 부르는 어떤 유리는 자연
적인 것과 인공적인 것의 모호한 교차점에 존재한다. 해수의
순환이 몇 년간 혹은 몇 세기 동안 바닷가의 이 작은 유리 조
각들을 어루만졌다. 이 유리 조각들은 원래 배에 탄 사람들
이 바다에 버린 유리병, 접시, 그릇, 창문 따위의 일부였다. 이
처럼 이들은 인간이 만든 유리 물건으로 '출발'했지만, 이제
는 그 기원이 되는 물질인 모래 속에서 나타나고 있다. 해수
의 운동이 이 조각들을 조약돌 모양으로 다듬었고, 소금기 있
는 바닷물의 화학작용이 얼어붙은 듯한 모양의 표면을 빚어
냈다. 바다 유리는 대부분 녹색이나 갈색, 흰색을 띠며 노란색
과 파란색은 드물다. 원재료가 되는 유리 가공품 색을 따라가
는데, 술병과 음료수병, 유리잔 같은 것이 많이 버려졌기에 이
러한 색을 띠는 경우가 많은 것이다.

'바다 유리'라는 명칭은 유리가 투사된projected 욕망의 장소
임을 알려 주는 훌륭한 사례다. 이 이름은 바다의 한 조각이
눈앞의 사물로 응고되었다고 암시한다. 해변에서 휴가를 보
내다 주워 온 소라 껍데기에 귀를 대고 바닷소리를 들으며 해

변의 하루를 추억할 수 있는 것처럼, 해변에서 집어 온 바다 유리도 바다에서 보낸 어느 날의 환상적인 추억을 떠올려 준다. 바다 유리는 우리가 놀던 바다 자체가 결정화된 파편인 것 같은 느낌을 준다. 이는 유리가 액체인 동시에 고체라는 환상에 기인하는데, 바다 유리가 액체인 바다와 고체인 땅이 맞닿는 곳에서 발견된다는 사실은 이러한 환상을 한층 고무시킨다. 바다 유리는 때로 '인어의 눈물'이라고도 불린다.

　이름은 '바다 유리'지만 바다는 유리를 만들지 않으며 바다 유리의 재료도 바다의 것이 아니다. 하지만 바다는 이 유리 조각을 가공하며, 수집가들에게는 바다 유리의 자연스러움이 관건이다. 매년 페스티벌을 개최하고 열정적인 회원들에게 뉴스레터를 보내는 북미바다유리협회North American Sea Glass Association의 업무 중 하나는 바다 유리를 매매하는 사람들에게 '바다 유리에 산성 에칭이나 샌드질, 믹싱 등 어떤 인공적인 작업도 가해서는 안 되며, 가짜 바다 유리를 제작하지도 말라'고 권고하는 것이다. 이 단체의 로고에는 파도 위에 떠 있는 병과 파도 아래에 가라앉은 색색의 돌맹이가 그려져 있다. 로고에서 단체명을 빼면 어딘가 재활용 회사의 로고 같기도 하다. 반대로 단체명을 붙이면 로고는 바다 유리가 실제로 얼마나 자연스럽지 못한지 드러내게 된다. 그럼에도 유리의 낭만은 일종의 순환을 보증한다. 평범한 사물이 아름다운 무언가로 변형되어 다시 우연히 발견되는 사물이 되는 것이다. 또 해안 복원 역시 이 협회의 주요 과업 중 하나다. 협회 회원이든 재미로 바다에서 물건을 줍는 사람이든 바다와 비슷하게 행동하는 셈이다. 즉 버려진 것을 회수해 아름다운 무언가를

<그림 7> 「불가사리와 바다 유리」
(제인 모너핸 개리슨, 2015)

만들고, 종종 귀고리 같은 보석으로 가공하기도 하는 것이다 (마거릿 캐번디시가 봤다면 반겼을 테다).

바다가 이 유리를 만들었다는 혹은 이 유리가 바다의 잔존물이라는 환상과 유사한 것이 모래에 번개가 치면 유리가 만들어질 수 있다는 발상이다. 이 현상은 '번개 유리'lightning glass라 지칭된다. '바다 유리'와 마찬가지로 번개 유리라는 명칭도 환상으로 가득 차 있다. 잡을 수 없는 무언가의 잔여물을 줄 것만 같기 때문이다. 우리는 앤디 테넌트의 로맨틱 코미디 영화 「스위트 앨라배마」Sweet Home Alabama, 2002의 도입부에서 번개 유리에 대한 환상을 볼 수 있다. 어린 소년과 소녀가 해변에 번개가 떨어지는 것을 목격한다. 그러고는 벼락 줄기가 떨어진 곳에서 초승달 모양의 투명한 유리 조각을 발견한다. 이러한 분위기를 타고 둘은 첫 키스를 나눈다.

〈그림 8〉 모래 위로 벼락이 치고 로맨스가 시작된다(「스위트 앨라배마」의 한 장면, 터치스톤 픽처스 제공)

이어지는 줄거리는 성장한 소녀(리즈 위더스푼)가 자신의 뿌리와 어린 시절의 사랑(조시 루카스)을 되찾는 내용으로 구성된다. 첫 키스와 모래가 유리로 변하는 마법적인 힘에 매료된 소년은 성장해 유리 공예사가 되어 유리 조각물을 판매하는 갤러리를 운영한다. 하지만 로맨스와 경력 사이에서 하나를 선택하기가 어려운 것과 마찬가지로 '번개 유리'는 실제로 그렇게 단순한 문제가 아니다.

모래 위로 벼락이 떨어질 때 생성되는 것은 유리가 아니라 '섬전암'fulgurite이다. 투명함이나 아름다움과는 거리가 먼 섬전암은 모래와 암석으로 이루어지며 석순이나 절벽 위에 자란 나무 같은 모양을 띤다. 섬전암이 만들어지려면 섭씨 1,800도 이상의 온도가 필요하다(벼락의 온도는 보통 섭씨 2,500도에 이른다). 물론 섬전암이 추하기만 한 것은 아니다. 섬전암 역시 독특하고 낯선 아름다움을 갖추고 있다. 다만 전통적인 낭만적 아름다움과 거리가 있을 뿐이다. 발음하기 어려운 명칭은 과학자들이 지었다(라틴어로 천둥벼락을 의미하는 '풀구르'fulgur에서 유래하는 단어다). 어떤 점에서 번개 유리에 대한 환상은 바다 유리에 대한 환상과 비슷하게 작용한다. 이것들이 유리로 변성됨으로써 우리는 순간적인 것을 포착할 수 있으며 매우 강력하고 통제할 수 없는 무언가의 조각을 소유할 수 있게 된다는 환상이 생겨나는 것이다. 천둥이나 벼락, 대양의 강대한 힘은 그 이름을 딴 유리에 갈무리되며, 이러한 물성을 가진 유리의 이미지는 유리 카메라 렌즈를 통해 갈무리될 수 있다. 우리는 카메라 렌즈가 갈무리한 섬전암의 이미지를 인터넷에서 찾아볼 수 있으며, 바다 유리를 전시하는 가장 인기 있는 방법은 그것들을 투명한 유리병 안에 넣어 두는 것이다. 누군가는 이런 식으로 전시된 이미지들을 보며 '병에 번개 담기'lightning in a bottle라는 어구를 떠올릴 수도 있을 것이다. 이는 18세기에 벤저민 프랭클린이 제안한 실험을 지칭하는 표현으로 19세기에 처음 사용되었다. 프랭클린은 연을 날려 번개의 전기 에너지를 갈무리하고 라이덴 병leyden jar에 저장할 수 있다고 주장했다. '병에 담긴 번개'bottled lightning 등의 형태로 다양하게 활용되는 이 어구는 현대에 와서 굉장히 어려운 도전을 뜻하는 관용어가 되었다.

바다 유리 수집하기, 번개 유리 사진 찍기, 병 안에 번개 가두기, 이 행위들은 모두 유리에 덧씌워진 환상과 관련되어 있다. 우리는 인간이 만든 인공물들이 온전히 자연스러운 것이라 상상하며, 이 인공물들을 순간적인 것을 담는 능력과 결부시킨다. 그리고 수집가나 로맨틱 코미디의 팬만이 이러한 환상을 품는 것은 아니다.

세계적인 유리 용기 제조업체인 오언스–일리노이 주식회

〈그림 9〉 유리는 생명입니다. 유리는 지구 생명 순환의 일부이니까요('유리는 생명입니다-#chooseglass', 스투 개릿, 소셜 콘텐트에서 인용)

사Owens-Illinois, Inc.(이하 O-I)는 최근 "유리, 취향, 지속 가능성, 품질, 건강에 대해 우리 모두가 공유하는 사랑을 기념하는 글로벌 운동"이라고 소개한 '유리는 생명입니다'(www.glassislife.com) 홍보 캠페인을 시작했다. O-I는 유리에 대한 소비자의 사랑(그리고 환상)을 고양시키고자 막대한 투자를 감행했다. 1903년 '오언스 보틀 컴퍼니'Owens Bottle Company로 출발한 O-I는 2013년 기준으로 매출액이 70억 달러에 달하고 21개국에서 77개의 공장을 가동하고 있으며 만 종이 넘는 제품 라인업을 자랑하는 기업이다.

이 캠페인은 유리에 자연스러움이 내재돼 있으며 유리가 자연의 일시성을 갈무리할 수 있다는 생각에 초점을 맞춘다. "O-I의 유리 용기들은 모래와 불로부터 태어납니다"라는 표현은 유리 용기가 자연의 산물이며 자체의 의지로 존재하는 듯이 보이게끔 한다. 유리가 생명 순환의 일부라는 발상은 해양 탐험가 자크 쿠스토의 손녀이자 해양 보호론자이며 '유리는 생명입니다'의 한 캠페인 영상에도 등장하는 셀린 쿠스토 덕분에 한층 강화된다. 이 영상에서 그녀는 유리병에 담긴 모래를 해변의 바람결에 흩뿌린다.

쿠스토는 내레이션으로 이렇게 말한다. "유리는 무한히 재활용할 수 있습니다. 유리는 바다에 좋습니다. 유리는 모래로 만들어집니다. 유리는 자연의 것입니다. 유리는 생명입니다." 그녀는 우리가 바다 유리에 흥분하도록 만드는 환상과 동일한 일종의 본능적인 환상을 자극한다. 우리가 하나의 유리 조각과 마주칠 때 이는 해변과 바다의 광대함과 마주치는 것이라는 환상을.

콜로라도주 롱몬트에 소재한 레프트핸드브루잉 컴퍼니Left Hand Brewing Company의 부사장 조 시럴디는 이 캠페인의 다른 영상에서 "우리는 포장을 만들지 않습니다. 우리는 유리병을 골라 사용할 뿐입니다"라고 말한다. 물론 이 회사가 직접 맥주병을 생산하지는 않는다. 하지만 이 말은 맥주를 담는 병이 공장에서 생산되는 공산품이라는 사실을 기묘하게 우회한다. 그의 말은 '유리는 생명입니다' 캠페인의 주요 헤드라인과도 공명한다.

우리는 유리를 사랑합니다. 유리는 모래로 삶을 시작하며, 불의 마법을 통해 자연스럽고 아름다운 물질이 됩니다. 이 물질은 먹을 것과 마실 것을 안전하게 보관해 주며 환경에도 이롭습니다.

유리는 "만들어지는" 것이 아니라는 시럴디의 주장과 "불의 마법"을 운운한 O-I의 설명은 SF 소설가 아서 C. 클라크의 유명한 세 번째 법칙과 공명한다. "충분히 발달한 과학기술은 마법과 구별할 수 없다."[1] 유리가 신비스러운 성질을 지닌 물질이라고 소비자들에게 어필하는 건 브랜드 가치를 위해 좋은 일이다. 말이 안 되는 이야기이긴 하지만 말이다. 물론 유리의 생산이 실제로 자연주의적인 과정을 거칠 수도 있겠으나 유리병이 나무에서 자라는 건 아니다.

'유리는 생명입니다' 캠페인의 문구인 '유리는 진실을 말합니다'는 유리에 대한 우리의 환상과 접속한다. 이 캠페인은 유리가 "안에 들어 있는 것의 품질을 보여" 준다고 약속한다. 이 말은 당신이 보는 것이 당신이 얻는 것이라는 관념을 강화하며, 그와 동시에 만족스러운 취향을 향한 우리의 깊은 욕망을 충족시키는 유리의 마법적인 능력에 우리가 품는 모든 환상을 짚어 준다.

11

구글 글래스

2015년 1월 구글은 '글래스'라는 심플한 명칭을 붙인 자사 제품의 생산을 중단한다고 발표했다. 한정된 시제품을 판매하기 시작한 지 이 년도 채 지나지 않은 시점이었다. 구글은 앞으로도 계속 글래스를 연구 개발할 것이라고 약속했다. 나중에 이 제품이 부활해 소비자를 사로잡게 되든 아니든 구글 글래스의 등장은 우리가 유리를 상상해 온 역사에서 중요한 하나의 순간이 되었다.◇ 구글 글래스는 여러 면에서 미래적이다. SF 작품에 나올 법한 이 물건은 소비자들이 어떻게 이용하느냐에 따라 무궁무진하게 활용될 수 있다. 구글 글래스는 유리의 역사에 한 획을 그은 발명품이라 할 수 있다. 혁신적인 물질적 사물일 뿐 아니라 우리가 유리와 그리고 유리를 통해 관계 맺는 방식에 선명하게 초점을 맞추기 때문이다.

구글 글래스의 착용자는 보고 있는 것을 실시간으로 웹에 올릴 수 있으며, 이를 맥락화하고 싶다면 관련 정보를 웹에서

◇ 2017년 7월 18일 구글은 '엔터프라이즈 에디션'이라는 명칭의 산업용 구글 글래스를 공개하고 홈페이지를 재개장했다.

내려받을 수도 있다. 스스로를 특정한 지리적 위치나 사회적 맥락을 배경으로 한 이미지 안에 배치하는 식으로 하나의 순간을 공유하는 '셀카 찍기'selfie와 달리 구글 글래스가 반영해 보여 주는 세계는 사용자가 보고 있는 세계 그 자체다. 이렇게 구글 글래스는 타인을 보기가 아니라 타인을 통해 보기와 더불어 새로운 형태의 친밀함을 경험할 수 있으리라고 약속하는 셈이다.

한정판으로 출시되었지만 2014년에 구글 글래스는 어디에나 있는 듯 보였다. 새로운 기술(그리고 더 폭넓게는 문화 전체)을 논하는 자리마다 인터넷 기능을 장착한 이 안경에 관한 뉴스가 회자되었다. 온갖 전망이 제시되었지만 사람들은 구글 글래스가 유행하게 될지, 정확히 어떤 용도로 사용될지 감을 잡지 못하고 있는 것만 같았다. 구글은 우리가 빈칸을 채우기를 바랐는지도 모른다. 간결하고 함축적인 미니 홍보 사이트가 연상 작용을 일으키는 이미지들과 더불어 '당신이 보는 것을 녹화하세요', '무언가가 머릿속에 떠오르면 질문하세요' 같은 간단한 문장 몇 개로 구성되어 있었던 것을 고려하면 말이다. 블로그 공간에서 잠재 고객들은 이 기술의 실제 적용 방안에 관한 의견을 쏟아냈다. 만나서 나눈 대화를 검색 가능한 텍스트로 변환할 수도 있고 새로 알게 된 사람에게 작업을 거는 동안 실시간으로 그 사람의 신상을 체크할 수도 있다는 식의 의견들이 나왔다. 물론 후자의 사용법은 여러 문제를 일으킬 수 있다. 실제로 시애틀의 어느 바는 프라이버시 침해를 근거로 고객이 영업장 내에서 구글 글래스를 사용하는 것을 발빠르게 금지했다.

구글이 제작한 프로모션 비디오에서 우리는 구글 글래스를 착용한 사람이 보고 있는 것을 직접 체험하듯 볼 수 있다. 영상에 등장하는 사람들이 지르는 함성과 기쁨에 찬 비명이 암시하는 바는 구글 글래스 착용자가 흥미진진한 삶—열기구를 타고, 뉴욕행 비행기 탑승 시간을 맞추려 달려가고, 패션 런웨이 무대에 오르는—을 누리게 되리라는 것이다. 알 만하지 않나. 이 사람들은 하나의 절정 경험peak experience에서 다른 절정 경험으로 도약한다. 하지만 실제로 이처럼 활력 넘치고 영감으로 충만한 삶을 영위하는 사람이 얼마나 될까? 에이브러햄 매슬로◇는 선택받은 소수의 사람만이 이러한 고차원적이고 흥미로운 삶을 살 수 있다고 믿은 것 같다. 매슬로는 최고 수준에 올라선 사람들만이 자신이 정립한 욕구 발달 단계의 최상위 단계인 '자아실현'에 이를 수 있고, 그 단계에 도달한 이들은 절정 경험으로 이루어진 삶을 경험할 수 있다고 주장했다. 구글 글래스의 프로모션 비디오는 그런 사람들이 바로 여기 있다고 말한다. 그리고 당신이 이 부류가 아니더라도 걱정할 필요가 없다. 그들의 고상한 시선을 통해 높은 곳을 경험할 수 있을 테니 말이다.

구글 글래스가 코닝 영상에 등장하는 사물들보다는 조금 덜 공상적이긴 하지만 그럼에도 대다수 사람의 삶과는 거리가 멀다. 처음에는 #ifihadglass 해시태그 콘테스트에서 당첨된 극소수만이 구글 글래스를 사용할 수 있었다. 닐 패트릭

◇ 에이브러햄 매슬로(1908~1970)는 미국의 심리학자로, 인간의 욕구가 최하층의 생리적 욕구에서 최고층의 자아실현 욕구까지 상승해 간다는 '욕구 단계설'로 유명하다.

해리스, 뉴트 깅리치, 브랜디 노우드 같은 몇몇 셀러브리티도 얼리 어댑터로 선정되었다. 스탠퍼드 대학교 컴퓨터과학부 대학원생이자 그 전에는 구글 리서치 인턴이었던 안드레이 카파시는 트위터의 #ifihadglass 해시태그 콘테스트에 당첨돼 구글 글래스를 얻은 사람들을 분석했다.[1] 그들 중 팔로워가 백 명 이하인 사람은 26퍼센트에 불과했으며, 이는 이미 이들이 몇 줄의 글귀와 영향력을 통해 다른 사람들의 경험을 선도해 왔음을 의미한다. 4everbrandy라는 아이디를 쓰는 한 트위터 사용자는 "나는 저어어어엉말 황홀해지고 싶다구!!!!"라는 트윗을 올리고 구글 글래스를 받았다. 나는 4everBrandy가 선택한 단어가 매우 인상적이었다. 그녀가 보인 열광의 강도가 아니라 그녀가 사용한 형용사의 어원이 핵심이었다. 황홀한ecstatic과 명사형인 황홀경ecstasy은 '정신이 나가다'beside oneself에서 유래하며, '외부', '나가다'를 의미하는 ex-와 '위치', '자리'를 뜻하는 stasis가 조합된 단어다. 다른 사람의 눈을 통해 세계를 바라보는 행위는 가장 높은 수준의 감정을 선사하며, 육체의 한계를 극복할 수 있다는 약속을 제시한다.

그런데 부러 자신의 경험을 기록하는 사람들 역시 육체의 한계를 넘어서는 경험을 할 수 있다. 구글 글래스 같은 중계 렌즈를 착용한 사람의 시선은 더 이상 한 사물에서 다른 사물로 자연스럽게 이동하지 않는다. 착용자는 다른 사람들이 보고 싶어 하는 것을 고려하면서 자기 시선을 신중하게 조절한다. 스티브 만은 컴퓨터화된 안경이 세계를 더 많이 보여 주지만 동시에 세상을 새롭게 보도록 돕는 렌즈의 존재를 의식하게 함으로써 세계와의 거리감을 늘릴 수 있다고 이야기하

며 '증강 중계된'augmediated이라는 용어를 조어하기도 했다.[2]

'황홀경'이라는 단어를 구글 글래스와 연이어 사용하는 것이 이상해 보일지도 모른다. 『디 애틀랜틱』*The Atlantic*의 기자 리베카 그린필드가 경고했듯이 구글 사이트에 올라온 사진에서는 도시 힙스터들이 글래스를 스타일리시하게 착용하고 있지만 실제로는 착용자가 얼간이처럼 보일 위험이 있고 그럴 경우 이 안경은 빠르게 매력을 잃을 것이다.[3] 물론 구글 글래스가 어떻게 보이는지가 중요한 것은 아니다. 디자인은 수정될 수 있으며 베타 버전이란 투박하기 마련이다. 구글 글래스의 핵심은 무언가를 보도록 우리를 초대하며 우리가 무언가를 보고 있는 시간과 장소를 더 잘 인식하게 해 준다는 데 있다. 그리고 세상에는 그저 지켜보는 것을 좋아하는 사람과 이들을 유혹하는 어떤 황홀경이 있다는 사실도 잊지 말자.

구글 글래스는 컴백하게 될까? 컴백해도 '글래스'라는 심플한 이름을 유지할까? 아무도 모를 일이다. 확실한 것은 구글 글래스가 곧 실현될 한층 가상적인 세계의 스냅사진을 제시해 주었다는 것이다. 일상 속 유리 사물들이 점점 더 삶을 비출 뿐 아니라 우리 삶을 조형하게 될수록 우리가 바나 로비에서 마주친 사람들이 쓰고 있는 안경을 보고 흠칫 놀라는 일도 잦아질 것이다. 이러한 사물들은 우리가 정말 황홀해할 만한 무언가를 소개해 줄 준비가 되었는지도 모른다.

12

상표권

자사 제품명으로 '글래스'라는 일반명사를 사용함으로써 구글은 안경·유리·거울 등을 뜻하는 glass라는 물질에 대한 우리의 기대를 바꾸려고 시도한 듯하다(더 악의적으로 보자면 구글은 수천 년간 우리 주변에 있었던 일상적 사물의 의미를 다시 정의할 만큼의 위세가 본인들에게 있다고 어필하려던 것인지도 모른다). 심지어 구글은 '글래스'라는 일반명사를 자사 제품의 상표로 등록하려 했다.[1]

미국 특허청은 '혼란의 가능성'과 '단순 설명성 상표'merely descriptive라는 두 가지 이유로 상표권 등록을 기각했다. 전자의 근거로 특허청은 지금까지 시도된 '글래스'라는 단어와 관련된 상표권 목록을 제시했다.[2] 목록에는 스마트글래스SmartGlass(마이크로소프트사가 제공하는 모바일 기기, 텔레비전, 비디오게임 콘솔 간의 통신 앱), 아이글래스iGlass(스마트폰), 텔레글래스Teleglass(투사 이미지를 보는 장치), 글래스3DGlass3D(데이터베이스 관리 소프트웨어), 루킹글래스LookingGlass(데이터 분석 소프트웨어), 라이트 온 글래스Write on Glass(텍스트와 이미지 뷰잉을 위한 향상된 개인화 기능을 제공하는 브라우저 플러그인) 등이 있었다. 이 외에도 신용카드·기프트카드에 첨부된 칩과 관련된 스마트 카드 기술이나 모바일 어플리케이션 개발을 위한 컴퓨터 소프트웨어, 온라인 데이팅 서비스 등이 글래스라는 상표권으로 등록되어 있다. 문서에서 특허청은 소비자들이 구글의 상표를 이미 등록된 기존의 상표들과 혼동하게 될지도 모른다고 밝혔다.

> 라이트 온 글래스, 글래스3D, 텔레글래스의 상표권이 이미 등록되어 있습니다. 등록하고자 하는 상표권은 이전에 등록된 상표권과 유사합니다. 이 상표권들은 GLASS라는 표현을 공유하며, 전체적으로 동일한 상업적 인상을 줍니다.[3]

그러므로 미국 특허청이 구글의 '글래스' 상표권 등록 시도를 기각한 첫 번째 이유는 부분적으로 다른 기업들이 이미 이 영토에 대한 소유권을 주장하고 있기 때문이다. 충분히 말이 되는 이야기다.

두 번째 이유는 한층 흥미로운 영역으로 우리를 인도한다. 특허청은 "등록하려는 상표명은 단순히 제품의 특징이나 물질적 구성 요소를 설명하고 있을 뿐입니다"라고 평이하게 언급했다.[4] 특허청은 사태의 일부는 제대로 파악했지만 다른 일부는 잘못 파악하고 있는 것 같다. 이 기각 사유는 전적으로 이 제품이 테와 렌즈를 지닌 안경이라는 점에 근거를 두고 있는 듯 보인다. 이 사유를 정당화하기 위해 특허청은 『콜린스 영어 사전』을 인용하며 이렇게 언급한다.

유리는 "금속규산염 혹은 유사한 화합물로 이루어진, 단단하고 부서지기 쉬운 투명하거나 반투명한 비결정성 고체. 석회, 이산화규소 등의 산화물이 융합된 혼합물로부터 만들어지며, 창문, 거울, 병과 기타의 물건을 만드는 데 사용된다"고 정의됩니다.[5]

문서에 따르면 특허청은 최종적으로 '단순 설명성 상표' 조항에 의거해 구글 글래스의 상표권 등록을 기각했다. 이 제품이 사전상 유리 창문, 거울, 유리병에 이어지는 "기타의 물건" 범주에 속하기에 단순 설명성 상표에 해당한다는 것이다. 하지만 구글이 제시했고 특허청이 기각 문서에서 인용하기도 한 구글 글래스 제품 설명은 유리라는 소재를 주요 구성 요소로 호명하지 않으며, 오히려 이 제품이 보유한 인터랙티브 기능에 초점을 맞춘다.

등록 희망자는 글래스GLASS와 그 디자인 포맷을 '컴퓨터 하드웨어, 컴퓨터 주변기기, 웨어러블 컴퓨터 주변기기, 모바일 기기의 주변기기, 모바일 기기의 웨어러블 주변기기, 원격 접속 및 데이터 전송을 위한 컴퓨터 하드웨어, 원격 접속 및 데이터 전송을 위한 컴퓨터 주변기기, 원격 접속 및 데이터 전송을 위한 모바일 기기의 주변기기, 데이터 및 영상 출력을 위한 컴퓨터 하드웨어, 데이터 및 영상 출력을 위한 컴퓨터 주변기기, 데이터 및 영상 출력을 위한 모바일 기기의 주변기기, 컴퓨터 소프트웨어'의 상표로 요청했습니다. (강조는 인용자)

구글은 이 제품을 컴퓨터의 하드웨어이자 소프트웨어로, 디지털 콘텐츠의 생산 및 그런 콘텐츠와의 상호작용을 가능하게 하는 기기로 여긴다. 미국 특허청은 '글래스'의 상표권 등록 시도를 아래의 사유로 기각했다.

> 글래스라는 상표는 제품의 일부 기능을 설명하는 것, 즉 유리로 된 디스플레이 스크린이나 렌즈를 중심으로 작동하는 상품을 단순하게 설명하는 것으로 이해될 수 있습니다. 그러므로 이 상표의 등록은 조항 2(e)(1)의 단순 설명성 상표에 의거해 기각되었습니다.[6]

분명 구글 글래스의 몇몇 버전에는 유리 렌즈가 붙어 있겠지만 이 제품의 핵심 요소는 기존 안경에 덧씌울 수 있거나 안경 없이도 착용할 수 있는 프레임이라고 할 수 있을 것이다. 특허청이 잘못 이해한 걸까? 그렇지 않다. 이 책에서 살펴본 것처럼 유리는 단순한 사물이나 물질이 아니다. 이미 오래전부터 오늘날의 디지털 컴퓨터가 수행하는 다양한 기능을, 즉 접속, 전송, 디스플레이, 상호작용을 수행해 왔기 때문이다.

13
마이크로소프트 홀로렌즈

구글 글래스의 적통을 이어받은 건 마이크로소프트의 홀로
렌즈인 것 같다. 기술 전문 저술가들은 홀로렌즈가 구글의 것
보다 더 우월하다며 찬사를 보내고 있다. 이쪽이 당면한 요구
를 더 잘 충족할 수 있다는 것이다. 『시넷』CNET◇의 닉 스타랫
은 홀로렌즈가 새 시대의 전령이라고 평가하면서 "마이크로
소프트가 우리를 갑자기 「스타트렉」과 「마이너리티 리포트」
의 시대로 밀어 넣었다"고 말한다.[1] 실제 세계에 홀로그램을
덧씌우는 홀로렌즈는 스티브 만이 '증강 중계'라 부른 기술을
구글 글래스보다 한층 풍부하게 구현할 수 있다. 외부 세계를
홀로그램과 물리적인 영역의 혼합으로 바라본다는 발상은
마이크로소프트 입장에서 특별히 급진적이거나 새롭지는 않
다. 하지만 스타랫이 올바로 지적했듯 이러한 제품이 널리 확
산되면 미래가 현재에 조금 더 가까워질 것이다. 코닝의 「유
리로 만든 하루」에는 숲으로 소풍 간 딸이 태블릿 컴퓨터처

◇ 미국 CBS 인터랙티브 산하 IT 전문 매체로 전자제품 리뷰와 기사 등을 발
행하고 있다.

럼 생긴 유리판을 들자 공룡이 거니는 홀로그램이 투사되는 장면이 나온다. 구글 글래스의 프로모션 영상에서는 관람객이 수족관의 해파리를 쳐다보자 관련 텍스트와 이미지 정보가 떠오른다. 홀로렌즈는 이 두 개념을 합친 다음 더 발전시킨 것처럼 보인다. 코닝의 영상에는 사람이 따로 유리 장비를 손에 들고 있지만 홀로렌즈는 안경에 부착되어 작동한다. 또 구글의 영상에 등장하는 투사된 정보 이미지들은 컴퓨터 스크린에 출력된 이미지로서 실제 사물과 분리되어 있지만, 홀로렌즈가 보여 주는 홀로그램 이미지들은 사물 자체의 표면에 투사되어 더욱 명확한 느낌을 준다. 간단히 말해 마이크로소프트의 고글은 홀로그램에 기반한 팝업 시각화를 통해 중계된 현실을 제공해 준다.

마이크로소프트의 메시지는 이 고글이 우리가 보는 대상과 더불어 우리가 보는 방식도 바꿀 것이라고 강조한다. "세계를 보는 법을 바꾸면 보고 있는 세계를 바꿀 수 있습니다." 홀로렌즈 웹사이트의 헤드라인이다. 이 강렬한 문장은 홀로렌즈가 우리의 관점을 변화시킬 뿐 아니라 우리가 세계를 조망적인speculative 방식으로 보도록 이끌 것이라 약속한다. 홀로렌즈를 통해 우리는 현재의 세계와 섞여 있는 잠재적 세계를 볼 수 있다. 홀로렌즈라는 제품명 자체가 이러한 혼재성을 강조한다. '홀로'는 SF적 환경의 약속과 공명하며 '렌즈'는 이 모든 혁신의 기반을 닦은 초기의 안경 제작자들을 떠올리게 한다.

스트랫은 이 테크놀로지를 「마이너리티 리포트」와 연결하면서 영화의 등장인물이 손을 뻗어 눈앞에 펼쳐진 가상의 디지털 사물을 직접 만지듯 조작하는 장면을 언급한다. 그는 영화 속 스와이핑 동작이 스마트폰을 예견했듯, 톰 크루즈가 맡은 캐릭터처럼 되고 싶다는 욕망이 가상의 대상에 만질 수 있는 성질을 부여한 홀로렌즈 기술의 발명을 이끌었다고 주장한다. 홍보 사이트에서는 이 제품 덕분에 "당신은 실제 세계와 혼합된 삼차원 홀로그램과 상호작용할 수 있으며, 증강현실과 가상현실을 넘어서는 세상"이 펼쳐질 것이라고 설명한다. 우리가 결코 실제 세계를 떠나지 않는다는 점에서 이 제품은 오큘러스 리프트Oculus Rift 같은 가상현실 고글과 차별화된다. 3D 가상현실 게임 고글인 오큘러스 리프트는 당신을 환상의 세계로 인도하는 반면 홀로렌즈는 당신의 세계에 환상을 가져온다.

'홀로렌즈'와 '오큘러스 리프트'라는 제품명도 이 차이를 암시한다. '홀로렌즈'라는 명칭은 존재하는 세계와 홀로그램이 뒤섞인 세계를 볼 수 있는 특수 안경을 암시한다. 웹사이트에 올라온 이미지들에 따르면 이러한 홀로그램은 착용자가 이미 마음의 눈으로 보고 있었던 것이다. 반면 '오큘러스 리프트'라는 명칭은 우리가 눈으로 보는 것과 고글을 통해 보게 될 것 사이의 분리 혹은 전자에서 후자로의 떠남을 암시한다. '균열'rift이라는 단어는 어감상 어딘가 폭력적이다. 아마도 이 때문에 제조사가 이 제품을 '오큘러스'(라틴어로 '눈'을 뜻한다)라는 간략한 이름으로 부르고, 또 생산 중인 다른 제품에 이 명칭을 붙이지 않는 것이리라. 마이크로소프트의 웹사이트에서는 이렇게 말하고 있다.

홀로렌즈는 단순한 헤즈업 디스플레이와 다릅니다. 투명한 홀

<그림 10> 이것이 바로 미래다. 마이크로소프트 홀로렌즈의 사용자가 거실에서 안락하게 여름휴가를 상상하고 계획하고 있다(마이크로소프트의 허락 하에 게재)

로렌즈는 당신의 시야를 가리지 않습니다. 실제 세계와 결합된 고해상도 홀로그램은 창조, 소통, 작업, 놀이의 새로운 가능성을 창출할 것입니다.

홀로렌즈가 가능성이라는 개념을 그토록 강조하는 것은 흥미로운 일이다. 일단 홀로렌즈는 우리의 "시야를 가리지 않"고 "실제 세계"를 볼 수 있다고 보장한다. 그런데 디지털 이미지가 덧씌워진 세계를 보는 데 있어 이게 정말로 중요하고 두려운 문제인가? 그럴지도 모른다. 다음 장에서 다룰 영화「스트레인지 데이즈」Strange Days를 고려하면 그렇다. 하지만 지금 여기서 핵심적인 사실은 마이크로소프트의 고글이 "창조, 소통, 작업, 놀이의 새로운 가능성"을 제시해 준다는 것이다. 바로 이것이 구글 글래스를 능가한다는 이 제품이 우리에게 약속하는 바다. 이러고 나니 왠지 구글 글래스는 수동적이고 현재의 순간에 고착된 것만 같다. 구글 글래스를 이용하면 우리는 특정 순간의 경험을 다른 사람에게 중계할 수 있고, 또 현재 보고 있는 것과 관련된 갖가지 정보를 찾아 눈앞의 순간을 맥락화할 수 있다. 홀로렌즈로도 이 모든 것이 가능하다. 거기에 더해 홀로렌즈는 한쪽 발은 현재에, 다른 쪽 발은 미래에 두는 삶으로 우리를 초대한다. 여기서 우리는 코닝의 「유리로 만든 하루」에 한층 가까워진 세상을 보게 되는 셈이다. 세계는 세계가 실현할 수 있는, 다가올 미래의 약속으로 가득하다. 이 새로운 유리 장비들과 함께 우리는 일종의 사변적 현재를 살아갈 수 있다. 유리가 전달할 수 있다고 때때로 상상해 온 것들을 경험할 수 있게 되는 것이다.

14
「스트레인지 데이즈」

캐스린 비글로의 1994년 작 SF 영화 「스트레인지 데이즈」의 초반에 레니(레이프 파인스)는 동네 허름한 술집에서 만난 한 사업가에게 '샤워하는 열여덟 살 소녀'의 완벽한 감각적 경험을 판매한다. 1999년이 배경인 영화에는 '초전도 양자 접속 기기'Superconducting Quntum Interface Device(이하 '초양기')라는 장치가 등장한다. 이 장치를 쓴 사람이 무언가 행동을 하면 그 감각적 경험이 고스란히 복제되며, 이렇게 복제된 감각을 다른 사람도 경험해 볼 수 있다. 초양기 사용자들은 대개 두 가지 유형의 기록된 기억 내지는 '재생'에 흥미를 갖는다. 에로틱하거나 폭력적인 경험 말이다. 우리는 영화에서 레니가 온갖 성적 경험을 판매하는 모습을 보는가 하면, 강도질에 실패해 죽은 원 착용자의 경험을 보는 초양기 사용자를 보게 되기도 한다. '블랙잭'이라 불리는 스너프 필름이 잘 팔린다는 것은 그다지 놀랍지 않다. 살인은 무엇보다도 하나의 절정 경험이기 때문이다. 「마이너리티 리포트」에서도 살인은 예지자들이 초능력을 발휘해 임박한 사건을 인지하도록 만드는 유일한 범죄로 묘사된다.

초양기는 "텔레비전과 비슷합니다. 단지 더 좋을 뿐"이라고 묘사된다. "삶…… 타인 삶의 일부, 대뇌피질에서 바로 튀어나온 순수하고 편집되지 않은 삶"을 펼쳐 준다는 것이 그 이유다. 다른 사람의 세계를 가상으로 경험할 수 있게 해 준다는 점에서 초양기는 구글 글래스의 논리적 연장선상에 있는 기기라 할 수 있다. 초양기를 구글 글래스의 사변적 확장으로 인식함으로써 우리는 인터랙티브 유리가 약속하는 새로운 형식의 접속을 이해할 수 있다. 그리고 그와 동시에 이는 과거를 다시 체험하거나 (보통은 더 건강할) 새로운 대상으로 시선을 돌리지 못하게 되는 현상에 도사린 위험을 강조한다.

'재생 중독자'인 레니는 이러한 상황의 생생한 사례라 할 수 있다. 레니는 초양기를 이용해 다른 사람의 기억이나 경험을 재생하기보다는 자신의 과거에서 가장 좋았던 시절의 기억으로 도망치는 데 탐닉한다. 그는 재생을 통해 페이스(줄리엣 루이스)라는 여자와 사랑에 빠졌던 시절로 돌아간다.

초양기를 착용해 생의 이상적인 장면을 반복하는 레니의 모습은 「마이너리티 리포트」의 앤더턴을 상기시킨다. 앤더턴은 죽은 아들의 홀로그램을 바라보고, 레니는 잃어버린 연인의 기억을 재생한다. 두 영화는 사진에 관한 바르트의 판타지와 거울에 대한 셰익스피어나 마블의 판타지와도 연결된다. 우리는 늘 상실한 애정의 대상을 소생시키는 힘을 지니고 있을지도 모를 새로운 형태의 응시 행위를 바란다는 점에서 그렇다.

결말에 가까워지면 구글 글래스나 홀로렌즈 같은 제품의 어두운 면을 드러내는 참혹한 광경이 펼쳐진다. 레니는 페이

〈그림 11〉 레니는 페이스와 롤러블레이드를 타면서 느꼈던 설렘을 재생한다(「스트레인지 데이즈」의 한 장면, 20세기 폭스 제공)

스에게 집착한 나머지 새로운 관계를 맺지 못하게 되며, 또 헤어진 후 혼란스러운 상황에 처한 그녀를 구해야 한다는 생각에 집착한다. 레니가 초양기를 쓰자 살인자가 페이스를 몰아붙이는 광경이 보인다. 현실의 시간에서 그는 그녀가 방금 위협을 겪은 호텔 수이트를 조사한다. 그러는 동시에 그녀가 방 안에서 공격당하는 것을 본다. 레니는 이 조금 전의 과거를 담은 영상의 끝에서, 혹은 현재 실제로 수행하고 있는 조사의 끝에서 그녀의 시체를 보게 될지도 모른다는 두려움에 사로잡힌다. 또한 이 장면은 왜 둘의 관계가 끝났을 때 레니가 페이스를 놓아주어야 했는지를 깨우쳐 준다.

　「스트레인지 데이즈」는 유리가 제공하는 경험이 유리 없이 복제될 때 무슨 일이 일어나는지에 관해 도발적으로 질문을 던지는 영화다. 영화 연구자인 케이틀린 벤슨-앨럿은 캐스린 비글로가 연출한 영화들이 전반적으로 "아웃사이더 포지션에 주목"하며, 「스트레인지 데이즈」에 등장하는 과거 재생 기술은 금지된 기술을 사용하면 타인과 새로운 친밀감을 형성할 수 있지만 그와 동시에 자기 자신의 자아 감각을 잃을 위험도 생겨남을 상기시킨다고 주장한다.[1] 또 이 영화는 누가 보느냐에 따라 무해한 무언가가 유해한 무엇이 될 수 있음도 경고한다. 이러한 우려는 「스트레인지 데이즈」의 세계와 우리의 세계를 이어 준다. 시각적 경험이 온라인으로 쉽게 공유되는 탓에 부모들은 자녀의 사진이 바람직하지 않은 관심사를 가진 사람의 시선을 받게 될까 봐 불안에 떨고 있으니 말이다.

부정적인 영향이 막대하긴 하지만 어쨌든 우리는 더욱더 많은 것을 보는 (그리고 그것에 돈을 지불해야 하는) 세상에 살고 있다. 또 하나 분명한 사실은 현실 세계를 디지털로 모방한 「세컨드 라이프」Second Life◇ 같은 가상 세계의 매력이 줄어들었다는 것이다. 오히려 우리는 갈수록 더 가상화되고 있는 우리의 현실 세계로 탈출하고 있다. 구글 글래스나 초양기 같은 도구를 사용해 우리는 매슬로의 욕구 발달 피라미드를 몇 단계 생략하고 타인들의 절정 경험을 서핑하며 자아실현 단계에 이른 삶을 살 수도 있다.

그런데 이런 제품들이 진짜로 새로운 걸까?

현재를 더 잘 이해하기 위해 잠시 SF 세계를 탐험해 보자. 이 책에서 살핀 사례들은 SF가 "고갈된 리얼리즘(혹은 고갈된 모더니즘)보다 오늘날 세계에 관해 더 믿을 만한 정보"를 제

◇   린든랩Linden Lab에서 만든 인터넷 기반의 가상현실 플랫폼. 사용자들은 이 가상 공간에서 자신의 아바타를 만들어 현실에서처럼 집을 사고 물건을 만들어 파는 등 경제활동을 벌이거나 다른 사용자들과 사회적 교류를 나눌 수 있다.

시한다는 프레드릭 제임슨의 가설과 일치한다.[2] SF는 우리의 미래를 보여 주기보다는 현재를 더욱 명확하게 드러낸다. 윌리엄 깁슨은 논픽션 에세이 선집『그 특유의 느낌을 믿지 마라』*Distrust That Particular Flavor*에서 도움이 될 만한 또 다른 관점을 제시한다. 그는 자신의 글쓰기가『뉴로맨서』*Neuromancer*, 1984 같은 SF에서 시작해『패턴 인식』*Pattern Recognition*, 2003처럼 얼마간 리얼리즘적인 소설을 거쳐 최근에는『주변부』*The Peripheral*, 2014로 다시 한 번 SF로 돌아왔다면서 "21세기에 실제로 구현된 소재들은 21세기에 대한 이전의 어떤 상상보다도 다채롭고 낯설며 복잡하다는 사실을 깨달았다"고 말한다.[3] 지금까지 우리 책에서 개진한 논의는 이러한 생각들을 확장하는 동시에 복합화한 것이라고 할 수 있다. SF 사례들은 유리의 미래에 대한 우리의 전망이 우리가 오늘날 하나의 사물로서 유리에 느끼는 매혹에 얼마나 확고하게 뿌리를 두고 있는지 분명하게 보여 준다. 그렇지만 오늘날에야 인터랙티브 유리 제조업체나 SF 영화 제작자들에 의해 구현된 특성들을 이미 르네상스 시대 작가들이 유리에 부여했다는 사실은 제임슨과 깁슨의 발상을 확장시키며 시간성에 관한 그들의 주장을 한층 복잡화한다.

15
유리를 통해 어둡게

지금껏 살펴봤듯이 유리는 하나의 객체이자 다른 객체를 보는 매개체로 기능한다. 객체 세계의 일원으로서 유리가 갖는 복잡한 성격과 씨름하기 위해「고린도전서」의 한 구절이 얼마나 다양하게 번역되었는지 살펴보자. 이 책은 바울이 보낸 편지이며, 13장은 사랑이라는 주제에 대한 찬가다.『킹 제임스 성경』의 13장 12절은 이러하다.

우리가 지금은 유리를 통해 어둡게through a glass, darkly 보나◇ 그때에는 얼굴과 얼굴을 대하여 볼 것이요, 지금은 내가 부분적으로 아나 그때에는 내가 알려진 것처럼 알게 되리라.

여기서 묘사하는 유리와 마찬가지로 이 절 자체도 의미가 다양한 탓에 불투명하고 난해하기만 하다. 우리 책의 논의와 관련해 가장 인상적인 문구는 "유리를 통해 어둡게 보나"이다.

◇　한국어판『킹 제임스 성경』은『신개역 성경』과 마찬가지로 "희미하게"로 번역하나, 영문『킹 제임스 성경』과 영문『신개역 성경』은 darkly와 dimly로 다르기에 "어둡게"로 번역했다.

곧 보겠지만 이 네 단어는 이후의 작가들을 매료시켰으며, 비춤·반사·정체성·욕망의 문제를 고민하는 사람들에게 일종의 시금석이 되었다.

이 절이 흥미로운 이유는 우리가 누군가를 직접 만나거나 무언가를 접하기 전에 먼저 유리를 통해 보는 과정을 묘사하고 있기 때문이다. 『킹 제임스 성경』 버전은 두 차원에서 중요하다. 먼저 우리 책에 등장하는 여러 르네상스 시기 작가와 독자가 이 판본을 읽었다. 둘째로 작가들은 다양한 방식으로 "유리를 통해 어둡게 보나"라는 구절에 천착해 왔는데 이는 이 판본이 미친 광범위한 영향력을 입증한다.[1] 몇몇 번역 판본은 이 구절이 신과의 대면적 상호작용을 뜻한다고 가정한다. 이후의 번역들은 유리가 거울을 지칭한다고 전제한다. 그리스어 ἐσόπτρου는 모호한 단어다. '유리'를 지칭하기도 하지만 거울이나 창문, 렌즈를 암시하기도 한다. "통해"through라는 단어 역시 다양하게 해석될 여지가 있다. 우리는 반사된 상에서 새로운 무언가를 보고 있는 것인가, 아니면 다른 방식으로는 볼 수 없는 무엇을 창문이나 렌즈를 통해 보고 있는 것인가? 또 여기서는 우리가 무엇을 보고 있는지도 모호하게 남아 있다. 우리가 보고자 하는 것은 무엇인가? 신인가, 우리 자신인가, 아니면 더 넓은 세계인가? "어둡게"darkly라는 단어는 유리 자체의 질적 측면을 이르는 것인가, 대상의 상태를 뜻하는 것인가, 아니면 관찰자인 우리와 관련된 무언가가 어둡다는 말인가?

르네상스 이후의 다양한 번역본을 간략하게 살펴보면 이 문구가 얼마나 다양하게 해석될 수 있는지—우리가 어떻게 보이는지, 우리가 대상을 어떻게 보는지, 우리가 스스로를 어떻게 보는지 고민하는 것과 관련해─알 수 있다.『신개역 표준 성경』은 "우리가 지금은 거울로 보는 것같이 희미하게 보나 그때에는 얼굴과 얼굴을 대하여 볼 것이요"For now we see in a mirror, dimly, but then we will see face to face라고 번역했다. 거울mirror이라는 단어를 사용해 해석 가능성을 좁혔지만, 어둡고 희미한 것이 어떻게 작용하는지는 여전히 불분명한 상태로 남겨져 있다. [하지만] "어둡게"darkly가 "희미하게"dimly로 바뀌면서 우리 시각이 취약하다는 혹은 우리가 눈으로 보고 얻는 지식에는 한계가 있다는 사실이 한층 강조되고 있다.『아메리칸 표준 판본』은『킹 제임스 성경』과 비슷하지만 "유리"glass 대신 "거울"mirror이라는 표현을 사용한다. "우리가 지금은 거울로 어둡게 보나"For now we see in a mirror, darkly.『두에─랭스 성경』은 명시적으로 어둠을 관찰자의 내면에 한정한다. "우리가 지금은 어두운 방식으로 유리를 통해 보나"We see now through a glass in a dark manner.『뉴 라이프 성경』은 거울을 깨뜨려 유리가 대상을 불완전하게 비춘다는 문제를 제기한다. "우리가 지금은 마치 깨진 거울로 볼 때처럼 보나"Now that which we see is as if we were looking in a broken mirror.『신국제 성경』은 "우리가 지금은 거울에 비친 것만을 보나"For now we see only a reflection as in a mirror라고 번역하는데, 이는 우리가 다른 사람과 직접 대면할 수 있으려면 먼저 우리 자신의 모습과 대면해야 함을 시사한다.

　바로 앞 절인 13장 11절도 유명하다. "내가 어렸을 때에는 말하는 것이 어린아이와 같고 깨닫는 것이 어린아이와 같고 생각하는 것이 어린아이와 같다가 장성한 사람이 되어서는 어린아이의 일을 버렸노라." 이 맥락에서 우리는 유리가 정체성·성장·전환·변화와 연관되어 있음을 알 수 있다. 바울의 서한이 전적으로 사랑에 관한 것이라면, 여기서 유리와의 만남은 우리가 타인·신·세계와 관계 맺을 준비를 함으로써 성숙해진다는 암시를 담고 있는 셈이다. 또 "유리를 통해 어둡게"라는 구절 역시 사랑에 이르는 길이 어떻게 어둠을 헤치고 명확하며 직접적인 관계를 맺는 것과 연결되는지를 보여 준다. 동시에 이 구절은 유리라는 단어를 사용해 우리가 세계와 우리 자신을 볼 때 작용하는 어두움을 인식하게끔 한다.

이 구절은 대중적인 SF와 판타지 드라마에서도 유용하게 활용되었다. 「하이랜더」Highlander(불사신 검투사에 대한 드라마), 「안드로메다」Andromeda(삼백 년간 냉동되었던 함장과 승무원들이 우주선을 모는 드라마), 「다크 오러클」Dark Oracle(미래를 예견하는 만화책을 찾은 열다섯 살 쌍둥이를 다룬 드라마), 「헌티드」Haunted(퇴마사를 소재로 한 1960년대 드라마), 「로이스 앤드 클라크: 슈퍼맨의 새로운 모험」Lois and Clark: The New Adventures of Superman(그 유명한 영웅의 어린 시절을 그린 드라마), 「밀레니엄」Millenium(「X파일」의 연계작으로, 2000년에 세계를 멸망시키고자 획책하는 비밀 조직과 관련된 기괴한 사건들을 조사하는 수사관들을 다룬다) 등의 에피소드 제목에 이 구절이 쓰였다. 고전 SF 소설에도 이 구절이 등장한다. 아이작 아시모프는 미래를 소재로 한 단편소설 네 편을 모은 『유리를 통해 투명하게』Through a Glass, Clearly, 1967라는 작품집을 발표한 바 있다. 필립 K. 딕은 어떤 수사관이 무의식적으로 자신을 추적하는 소설에 이 구절을 살짝 비튼 제목「스캐너 다클리」A Scanner Darkly, 1977를 붙였다. 다시 한 번 유리는 미래의 전망 및 정체성의 문제와 관련된다.

　2005년 방영된「스타트렉: 엔터프라이즈」Star Trek: Enterprise 의 한 에피소드인 '거울 속에서 어둡게'In a mirror, Darkly는 이 구절이 가진 풍부한 복합성을 포착해 친숙한 등장인물들의 어두운 면모를 묘사한다. 이 에피소드는 1967년에 방영된 오리지널「스타트렉」시리즈의 '미러, 미러'Mirror, Mirror 에피소드의 프리퀄이다. 거울 우주를 배경으로 등장인물들의 거울상 인물을 통해 이들 내면에 존재하는 어두운 본성을 다루는 이 에피소드들을 이해하기 위해 먼저 오리지널 에피소드에서 시작해 보자. '미러, 미러' 에피소드에서는 이온 폭풍 때문에 함선의 트랜스포터 기능에 문제가 생겨 네 명의 등장인물이 평행 우주로 이동하게 된다. 양쪽 우주 모두에서 엔터프라이즈호의 승무원들은 평화로운 종족인 할칸족 행성의 풍부한 다일리튬 수정을 확보하기 위해 그들의 의회와 협상을 진행한다.「스타트렉」시리즈 전반에 등장하는 이 보라색 수정은 미래가 유리 위에서 펼쳐지리라는 사실을 상기시킨다. '미러, 미러' 에피소드에서 처음에는 화면 왼쪽에서 오른쪽으로 항해하던 엔터프라이즈호가 반대 방향으로 움직이게 된다는 설정은 평행 우주로의 거울상 전환이 일어났음을 표시한다. 이것이 평행 우주로의 전환을 나타내는 신호가 된다. 커크 선장은 거울 우주의 스팍이 수염을 기르고 벨트에 단검을 찬 채로 인사를 건네는 모습을 보며 무언가 잘못되었다고 느낀다. 선장은 곧 자신들이 "모든, 아니 대부분의 것이 복제된 평행 우주"로 이동했다는 가설을 세운다.

거울 우주는 커크와 승무원들이 살던 원래 우주와 달리 잠재적 폭력―스팍은 벨트에 단검을 차고 있고, 지시를 이행하지 못한 승무원을 휴대용 고통 장치agonizer로 처벌한다―과 명시적인 성적 에너지로 가득 차 있다. 거울 우주의 술루(얼굴에 흉터가 있다)는 지휘실에서 우후라의 턱을 잡고 "아직도 관심이 없나?"라고 묻는다. 거울 우주의 체코프는 승진을 위해 커크를 암살하려 한다. 원래 우주의 캐릭터들은 자신의 우주로 전송된 거울 우주 캐릭터들을 연기하면서 폭력성과 에로틱한 충동을 표출한다. 커크는 한 승무원의 안면에 주먹을 날린다. 우후라는 거울 우주 속 술루의 주의를 분산시키기 위해 그를 유혹하며, 일이 끝나자 칼을 들이대며 그를 위협한다. 거주 구역으로 후퇴한 커크를 그의 침대에 누워 있던 아름다운 여성 말레나가 맞이한다. 그녀는 배를 드러낸 의상 차림으로 그에게 술을 권하며, 두 사람은 열정적인 키스를 나눈다. 이 에피소드의 상당 부분은 커크 선장의 방에서 펼쳐지는 커크와 말레나의 쫓고 쫓기는 게임으로 이루어졌다고 할 수 있다. 사적인 공간에서는 말레나가 그를 쫓아다니고 공적 공간에서는 남자들이 쫓아다닌다는 설정은 일종의 평행 구조를 이룬다. 말레나는 자신을 거절하면 "사냥 게임"을 시작하겠다며 커크를 협박한다. 이들은 한 번 이상 열정적인 키스를 나눈다. 또 그녀는 그에게 '탄탈로스 장'Tantalus Field을 보여 준다.

처음에 '탄탈로스 장'은 단순한 유리 스크린 감시 장치처럼 묘사된다. 커크는 이를 통해 거울 우주의 스팍을 감시한다. 이어 우리는 "정체불명의 외계인 과학자"가 고안한 이 장비를

<그림 12> 탄탈로스 장의 유리는 응시하는 행위에 치명성을 부여한다(「스타트렉」 '미러 미러' 에피소드의 한 장면, 파라마운트 텔레비전 제공)

이용해 커크 선장이 관음증적으로 모든 사람을 감시한다는 것을 알게 된다. 마지막으로 우리는 기계에 달린 선명한 녹색 버튼을 누르면 감시 중인 사람을 즉시 죽일 수 있다는 사실을 알아차리게 된다. 이 에피소드의 한 장면에서 거울 우주의 술루는 거울 우주의 스팍에게 이렇게 말한다. "커크 선장의 적들은 갑자기 사라지는 취미가 있는 것 같군요." 거울 우주를 떠나며 커크는 이 장치를 거울 우주의 스팍에게 준다. 그가 이 기계를 이용해 제국을 붕괴시키고 혁명을 시작하기를 바라면서 말이다. 감시와 제거 기능을 갖춘 장비에 '탄탈로스 장'이라는 이름을 붙인 것은 흥미롭다. 그리스 신화에서 오디세우스는 저승을 탐험하던 중에 탄탈로스를 보게 된다. 타르타로스◇에서 탄탈로스는 물속에 몸이 잠긴 채 서 있다. 손

◇ 그리스 신화에 등장하는 최하층 지옥. 탄탈로스처럼 신을 모독한 존재나 인간 들이 갇혀 본문에서 설명하는 종류의 형벌을 받는다.

을 뻗으면 닿을 거리에 과일이 주렁주렁 열린 키 작은 나무가 있다. 하지만 그가 과일을 잡으려 하면 과일은 도망치고, 물을 마시려 고개를 숙이면 수면도 아래로 내려간다. 1597년에 처음 사용된 '감질나게 하다'tantalize라는 영어 단어가 바로 여기서 유래했다.

이 에피소드에서 '감질나게 함'tantalization의 역할은 무엇인가? 권력이나 안전처럼 많은 사람이 선망하는 요소들도 단번에 부질없이 사라질 수 있다는 사실을 시사하고자 이 장비에 이런 이름을 붙였는지도 모른다. 아니면 '탄탈로스 장'이라는 이름이 시야의 장[시계]field of vision을 암시하고 있는지도 모른다. 누군가를 몰래 관찰하는 것은 궁극적으로 다른 사람의 삶이 어떨지 생각해 보는 행위, 다른 사람이 보는 것을 보는 행위다. 엔터프라이즈호의 승무원들이 원래 우주로 돌아오자 매코이 박사는 스팍에게 수염이 잘 어울린다고 말한다. 에피소드 말미에 가면 거울 우주가 아닌 원래 우주의 말레나가 새로 엔터프라이즈호에 배속된 승무원으로 등장한다. 그녀가 커크와 처음 만날 때 너울거리며 흐르는 음악은 미래의 낭만적인 관계를 암시한다. 그는 그녀를 두고 "호감 가는 좋은 여자"라고 묘사한다. 그러고는 "우리는 아마……"라고 말한 뒤 잠시 머뭇거리다가 "친구가 될 수 있겠어"라고 덧붙인다. 스팍이 수염을 길러야 할까? 커크와 말레나가 한바탕 일을 벌이게 될까? 에피소드 초반에 매코이는 사악하고 퇴폐적인 거울상 동료들과 마주치며 고뇌한다. 그는 "이 우주에서 우리는 어떤 사람일까?"라고 묻는다. 아무도 대답하지 않지만 답은 분명하다. "우리는 그저 우리일 뿐이다." '미러, 미러' 에피소드는 원래 우주가 뒤집어쓴 예의 바른 외피 아래서 이미 끓어오르고 있던 욕망과 행위를 밖으로 표출하는 등장인물들을 보여 준다. 그리고 이 제목이 『백설공주』에 등장하는 사악한 왕비의 주문과 공명하는 부분이 있다면, 우리는 거울에 비친 우리의 모습이 더 매력적이라고 생각한다는 것이다.

에피소드는 원래 우주로 간 거울 우주의 인물들에 대해서는 별로 다루지 않는다. 이들은 곧 감옥에 투옥되고 스팍은 이렇게 설명한다. "문명인이 야만인처럼 행동하는 편이 아무래도 저들 같은 야만인이 문명인처럼 행동하는 것보다야 쉽죠." 덕망 있는 사람들이 어두운 욕망을 그럴듯하게 흉내 내는 것은 가능하지만 그 역은 불가능하다. 이로부터 이런 질문을 던질 수 있을 것이다. 유리를 통해 어둡게 본 후 얼굴과 얼굴을 대하여 보는 우리는 내면의 야만인을 받아들이게 되는가, 아니면 한층 진보한 문명인으로 나아가게 되는가?

2005년에 방영된 「스타트렉: 엔터프라이즈」의 에피소드 '거울 속에서 어둡게' 역시 다른 우주에서 펼쳐지는 사건을 다루지만, 원래 우주의 등장인물을 거울 우주와 바꾸는 기법은 사용하지 않는다. 에피소드의 오프닝 크레딧은 군사 행동과 정복의 장면을 보여 주고, 우리는 전체 우주가 어떻게 해서 근본적으로 부패했는지 대강 감을 잡게 된다. 원래 아처 선장을 연기하던 스콧 배큘러는 이 에피소드에서 부선장 역을 맡는다. 정규 시리즈에서 통신장교 배역인 사토 호시는 거울 우주에서 선장의 연인으로 등장한다. 그녀는 '미러, 미러' 에피소드의 말레나처럼 섹시한 란제리를 입고 살랑거리며, 여승무원들은 배꼽티를 유니폼으로 착용한다. 거울 우주의 아처가 선장을 쫓아내자 거울 우주의 사토는 새 선장의 방에서 그를 유혹한다. 거울 우주 아처의 개가 낮게 으르렁거리는데 이로써 우리는 그가 사악한 존재임을 알아차리게 된다. "전임 선장의 소유물은 모두 당신 것입니다." 통신장교는 새 선장에게 이렇게 말한다. 그녀가 짝 달라붙는 상의에 숨긴 단검으로 그를 찌르려 시도하기 전에 둘은 열정적인 키스를 나눈다. 후에 두 사람이 침대 위에서 땀투성이로 베갯머리송사를 나누는 것 같은 장면이 등장한다. 거울 우주를 다루는 에피소드들의 주요 포인트 중 하나는 멸균실 같은 원래 우주에서는 등장하지 않는 에로틱한 짝짓기를 시청자들이 상상할 수 있게 해 준다는 것이다. 이는 환상에 대한 환상이요 고품격 슬래시 픽션이다. 실제로 이 에피소드에는 거울 우주 아처와 거울 우주 사토가 침대에 누워 있는 끈적끈적한 장면이 여러 번 나온다. 비록 후에 사토가 아처를 독살하지만 말이다. 아처는 옷을 벗은 채 죽어 가면서 사토가 자신을 도운 보안장교와 섹시한 키스를 나누는 모습을 지켜본다. 판타지적 시나리오는 대강만 짚고 넘어가자. 먼저 에로틱한 배반을 암시하는 장면이 나오고 이후 제국 패권의 장면이 이어진다. 에피소드 말미에 통신장교는 선장의 권좌를 찬탈하고 스스로를 '여제 사토'라 칭한다.

가장 명시적인 차원에서 이 에피소드의 거울 우주는 경고성 이야기로 기능하는 듯 보인다. 권력과 에로틱한 섹스에 대한 욕망으로 표현되는 퇴폐는 원래 우주에서 인물들이 속해 있는 '행성연방'이 구현하는 매우 민주적이고 평등하며 품위 있는 미래의 어두운 면으로 제시된다. 하지만 오리지널 시리즈의 등장인물들은 원래의 삶으로 돌아와서도 거울상 세계에서 엿본 가능성의 그림자를 그리워한다. 그리고 이 어두운 측면을 지켜본 우리 역시 이들의 그런 모습을 더 보고 싶다는 갈망에 휩싸일 수밖에 없다. 거울을 통해 이 어두운 세계를 잠시 엿본 우리는 우리가 이 인물들의 잠재된 면모를 꿰뚫어 볼 능력을 갖추고 있는지, 얼굴과 얼굴을 대하여 보게 될 다가올 미래에 대한 실마리를 가지고 있는지 자문해 보게 된다.

16
표면들

마이크로소프트는 자사 태블릿 컴퓨터에 '서피스'Surface라는 이름을 붙이기로 결정하면서 이런 종류의 기계가 제공할 수 있는 마법을 확연히 활용했다. 하나의 대상이라는 측면에서 볼 때 이 태블릿은 한쪽 면에 유리 스크린이 붙어 있는 작고 얇은 사각형 물체다. 하나의 장치라는 측면에서 볼 때 이 사물은 표면과 심층에 대한 우리의 감각을 혼란시킨다. 한편으로는 오직 표면만이 이 장치를 구성한다. 불투명한 유리가 달린 얇은 패널일 뿐인 것이다. 다른 한편으로는 오직 심층만이 존재한다. 이 기계의 표면을 통해 정보와 경험의 무한한 보고에 접속할 수 있기 때문이다. 이 명칭에 주목할 수밖에 없는 또 하나의 이유는 표면들이 상호작용을 위한 공간으로 점점 더 자주 활용되고 있다는 점이다.

예를 들어 인터랙티브 기술은 유리로 된 테이블 표면의 활용성을 빠르게 증대시키고 있다. 무선통신 기술 덕분에 서빙하는 사람이 태블릿 기기로 주문받는 광경을 쉽게 볼 수 있게 되었으며, 이제 소비자들은 테이블 자체를 통해 음식을 주문한다. 이러한 경험은 (디지털) 메뉴판이 제공하는 음식에 대한 가상적 경험과 실제 음식 간의 연관성을 강화한다. 주문한 음식이 메뉴를 띄운 바로 그 테이블 표면에 서빙되는 것이다. 예를 들어 런던 소호에 있는 이나모Inamo 레스토랑은 유리 테이블 표면에 메뉴판을 투사해 보여 준다. 이 레스토랑의 웹사이트는 다음을 약속하고 있다. "방문객들은 [원하는 테이블보 무늬를 선택해―인용자] 식사 분위기를 다양하게 연출할 수 있고, 인근 지역 정보를 확인할 수 있으며, 택시도 호출할 수 있습니다."[1] 인터랙티브 유리 테이블은 메뉴판 속 이미지와 실제로 고객에게 서빙되는 음식 사이의 간극을 메울 뿐 아니라 주변 지역과 가까운 미래를 사용자의 손끝에 가져다준다.

벽 또한 공간을 나누는 것 이상의 기능을 수행하고 있다. 시카고에 근거지를 둔 기업 너바나Nervana는 시카고의 하드록 호텔이나 스위소텔 등에 설치한 자사의 인터랙티브 파티션을 '유령 벽'ghost wall이라 지칭한다.

하드록 호텔의 벽면은 호텔 서비스와 인근 쇼핑에 대한 정보를 제공한다. 대체 무엇이 유령처럼 사라지기에 이런 이름을 붙였는지는 알기 어렵다. 벽에 있는 정보가 나타났다가 사라진다는 걸까? 아니면 구식의 비―인터랙티브 벽면이? 마이애미에는 팔 층 높이에 거주 공간은 열 개에 불과한 '글래스'라는 최고급 콘도미니엄이 지어질 예정이다. 마이애미비치의 가장 트렌디한 사우스 오브 피프스 지역에 건설될 이 콘도미니엄의 가격은 실당 700만 달러에서 시작해 삼 층짜리 펜트하우스는 3,500만 달러에 이른다. 대략 900만 달러의 평균가를 자랑하는 이 건물은 2015년에 완공될 예정이다. 건물 로비의 벽면은 천장에서 바닥에 이르기까지 전체가 인터랙티브

〈그림 13〉 너바나의 '유령 벽' (너바나 그룹 프로모션 비디오의 한 장면)

유리로 만들어질 것이다. 목표는 실내 활동과 실외 활동의 통합이라고 한다. 부동산 건설 개발사의 웹사이트에 올라온 예상 완공 이미지 속 인터랙티브 벽은 픽셀 이미지로 채워져 있다. 그러므로 잠재 고객들은 자신의 욕망을 이 벽에 투사하도록 초대받는 셈이다.

자동차에 쓰이는 유리들 역시 상호작용에 대한 우리의 환상을 투사하고 또 상호작용 기술을 이용해 정보를 전달하는 표면이 되었다. 유리 대시보드가 목적지까지의 경로와 일정을 보여 주는 코닝의 영상에서 우리는 이를 잠시 엿볼 수 있었다. 전면 방풍창도 디지털 정보를 띄우는 표면이 될 것이다. 최근 영화 두 편을 보면 인터랙티브 기능과 멀티 터치 기능을 보유한 전면 방풍창을 감상할 수 있다. 브래드 버드가 연출한 「미션 임파서블: 고스트 프로토콜」Mission: Impossible – Ghost Protocol, 2011이나 조 루소와 앤서니 루소의 「캡틴 아메리카: 윈터 솔저」Captain America: The Winter Soldier, 2014는 유리가 인터랙티브한 경험을 향한 입구가 되리라는 우리의 기대를 확증해 준다. 아드레날린이 솟구치는 장면들 ─ 추격 신이나 전투 신 ─ 에 등장하는 자동차 유리창은 생각의 속도에 반응하는 합리적 표면이다. 이 유리창은 언제 깨질지 모르는 불안정한 표면인 동시에 사용자를 원하는 장소와 안전으로 이끄는 방어막이다. 블록버스터 스타들이 스마트 유리와 상호작용하는 장면이 더 많아질수록 유리 표면이 상황을 인식해 주고 조작 가능한 가상의 사물을 표면에 투사해 주기를 바라는 우리의 기대도 커진다.

「미션 임파서블: 고스트 프로토콜」에서 이선 헌트(톰 크루즈가 다시 한 번 사변적 세계의 주인공으로 분했다)와 유능한 동료 스파이는 인터랙티브 기술과 멀티 터치 기술이 적용된 전면 방풍창의 도움으로 번잡한 뭄바이 시내를 더 빨리 통과하기 위한 역동적인 계획을 세운다. 여기서 톰 크루즈와 폴라 패튼이 손을 뻗어 눈앞의 오브젝트를 터치하고, 자동차가 이에 반응하는 공상적인 장면이 펼쳐진다.

하지만 영화에 묘사된 기능이 전적으로 공상적인 것만은 아니다. 이 기능은 BMW의 커넥티드드라이브ConnectedDrive 기술에 근거하는데, 이를 이용하면 운전자는 "자동차, 운전자 자신, 주변 환경에 대한 데이터를 포괄적인 인터랙티브 정보 네트워크로 통합할 수 있다".[2] 유리는 BMW의 미래 주역이다. BMW의 '비전 이피션트다이내믹스'Vision EfficientDynamics 콘셉트 자동차는 몸체 대부분이 커다란 유리 표면으로 구성되어 있어 도로에 한층 몰입할 수 있는 환경을 운전자에게 제공한다.

'전면 방풍창'windshield이라는 단어는 유리의 튼튼함과 우

〈그림 14〉 새로운 단계의 자동차는 '반응성 조작'을 약속한다(「미션 임파서블: 고스트 프로토콜」의 한 장면, 파라마운트 픽처스 제공)

리를 보호하는 능력에 대한 찬사를 함의한다. 바이크와 재킷의 세계에서 먼저 사용된 이 단어는 1911년 『뉴욕 타임스』에 게재된 "4인승 스포츠 세단인 스피드웰 1911은……덮개, 방풍창, 쇼크 업소버 등 특별한 장비를 장착하고 있습니다"라는 광고를 통해 처음으로 자동차 세계에 등장한다. 기본적으로 방풍창은 탑승자를 바람으로부터 보호하는 막이지만, 동시에 우리가 눈앞에 펼쳐진 세계를 바라보는 창문으로도 기능한다. 무엇보다도 자동차는 여행이라는 환상을 품게 만드는 사물이다. 이 환상이 이곳에서 저곳으로 이동하는 것이든 새 차를 구입해 더 안전하고 섹시한 자아상으로 이행하는 것이든 말이다.

「캡틴 아메리카: 윈터 솔저」에서는 정체불명의 요원들이 SUV를 운전하는 닉 퓨리 대령(새뮤얼 L. 잭슨)을 공격하는데, 이때 방풍창이 탈출 경로를 계획하고, 화상 대화를 중계하며, 자동차 시스템의 기능을 보고하고, 퓨리의 건강 상태까지 체

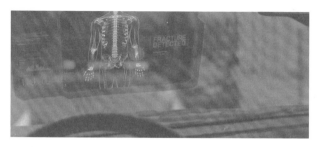

〈그림 15〉 인터랙티브 방풍창이 당신을 지켜 준다(「캡틴 아메리카: 윈터 솔저」의 한 장면, 월트 디즈니 스튜디오 제공)

크해 준다.

이 기능은 구글 글래스, 마이크로소프트 홀로렌즈, 핏빗 Fitbit◇ 등 현존 기술들의 복합체다. 저 기술들이 없었다면 이런 장면은 공상적인 SF 영화 속 장면으로 보였을 것이다. 마쓰다자동차는 2012년 시카고 오토쇼에 퓨전92 Fusion92의 비전터치VisionTouch 기술✤을 활용한 인터랙티브 윈도Interactive Window가 장착된 승용차를 선보였다. 오토쇼 방문자들은 이 인터랙티브 윈도에 직접 자기 정보를 입력해 경품 행사에 참여할 수 있었다. 인터랙티브 기능을 온전히 구현했지만 이 창문은 (적어도) 두 가지 차원에서 미래적이다. 먼저 경품 행사 참여자는 당첨되어 이 차의 내년도 모델을 소유하는 꿈을 꿀 수 있다. 그리고 창문에 행사 참여용 디지털 서식을 직접 입

◇ PC 또는 다른 스마트 기기의 앱과 연동해 착용자의 운동량, 소모 열량, 일부 건강 상태 등을 체크하는 웨어러블 디바이스. 클립, 스마트 밴드 등의 다양한 형태로 출시되었다.

✤ 디지털 미디어 그룹 퓨전92의 신기술로, 눈에 보이지 않는 얇은 터치 필름을 통해 평범한 자동차의 유리창을 터치스크린 키오스크로 활용할 수 있게 해 준다.

력하는 행위를 통해 참가자는 SF 영화에서나 볼 수 있던 기능을 갖춘 미래의 차에 대한 환상을 품어 볼 수 있다.

우리의 공상 세계 속 영웅들은 주변 환경에서 항상 자신에게 반응할 준비가 되어 있는 유리 사물을 발견하는 제2의 본성을 지닌 것처럼 보인다. 로버트 다우니 주니어의 얼터 에고라 할 수 있는 토니 스타크는 (글로벌 대기업을 운영하거나 몬테카를로에서 경주용 자동차를 몰고 있을 때를 제외하면) 자기 연구실에 있는 유리 패널에 손만 대도 장치들을 구성하는 부품들의 이미지를 볼 수 있다. 조스 휘든이 감독한 「어벤저스」The Avengers, 2012의 마지막 부분에서 아이언맨의 얼굴을 덮고 있는 바이저는 주변 환경을 분석해 주며 동시에 여자친구와의 화상 통화 장치로 기능한다. 마크 웹의 「어메이징 스파이더맨 2」The Amazing Spider-Man 2, 2014에서 해리 오스본은 유리 데스크를 건드리자 그것이 다른 사물들과 상호작용하면서 저장된 디지털 데이터를 검색하는 장면을 보고 놀란다. 이런 예시들은 반응성 유리가 바람직하다고 내세우며, 우리는 셀러브리티와 슈퍼 히어로 들이 유리와 혹은 유리를 통해 상호작용하는 경우가 점점 많아지는 것을 보게 된다. 그런데 위의 사례들과 더불어 SF는 한층 더 오늘날의 일상과 닮아 가고 있다. 자동차 제조업체 사이언의 '유령 유리'ghost glass 비즈니스 카드는 전시장 내의 다른 스마트 유리 표면과 상호작용해 자동차의 실제 세부 사항을 보여 준다. 마치 그 카드 자체에 전시장을 채운 물리적 대상들의 유령이 깃들어 있는 것처럼 말이다. 인터랙티브 유리 제조업체들은 새로운 형태의 유리들이 일시적인 물질성을 구축할 것이며 동시에 이러한 인터랙티브 유리가 그런 기능을 갖추지 못한 구식의 물질적 장벽들을 대체하고 있다는 역설적인 사실들을 강조하면서 '유령'이라는 단어를 즐겨 사용한다.

객체와 물질 문화를 연구하는 이론가들의 작업은 더 넓은 수준의 문화 변동을 이해할 수 있도록 도와줄 뿐 아니라 그러한 변동을 조형하기도 한다.[3] 이를테면 인터랙티브 유리는 아르준 아파두라이가 '미디어스케이프'mediascape라고 명명한 것, 즉 문화의 생산을 가로지르는 문화적 상상이라는 개념적 구성 요소를 예증해 준다. 흥미롭게도 아파두라이가 '미디어스케이프'라는 단어를 조어하고 얼마 지나지 않아 3D 표면 투사3d surface projection와 인터랙티브 벽면을 전문으로 하는 '미디어스케이프 코퍼레이션'이라는 기업이 미국에 설립되었다. 유리를 하나의 좋은 본보기로 삼는다면, 우리의 사례 연구 내에서뿐 아니라 이론과 실천에서도 미래와 현재의 경계가 무너지고 있음을 알 수 있다.

17
'유리로 만든 세계'

유리는 우리가 끊임없이 마주치게 되는 사물 혹은 물질이다. 역사적으로 우리는 유리가 다른 무언가를 보여 주거나 (거울의 경우) 우리 자신의 이미지를 비춰 주기를 기대해 왔다. 인터랙티브 유리는 이 사물의 본성을 변화시키고 있는 것처럼 보인다. 르네상스 시대 이래 유리를 묘사한 글을 살펴보면 흔하디흔한 이 사물에 우리가 얼마나 오랫동안 매혹을 느꼈는지 깨닫게 된다. 유리는 생명 없는 대상들에 자극받고 반응하려는 (점점 더 강해진) 우리의 욕망을 충족시켜 왔다. 다시 한번 과거를 살피면서 이야기를 마무리하도록 하자.

　glass라는 단어는 고대 영어에서 유래한다. 이 단어는 알프레드 대왕이 보에티우스의 저서 『철학의 위안』*De consolatione philosophiae*을 라틴어에서 모국어인 고대 영어로 번역한 판본에 처음 등장한다. 『옥스퍼드 영어 사전』에는 glass라는 단어의 어원이 '빛나는 것'을 뜻하는 게르만어 glô의 파생어인 glă- 혹은 glæ-라고 나온다. 이 같은 어원을 고려하면 사물 혹은 물질의 이름인 유리는 유리의 기능과 바로 연결된다. 빛남은 무언가를 돋보이게 만들거나 새롭고 앞으로 다가올 것으로 만든다. 어떤 것을 빛내는 행위는 대상을 새로워 보이게 하거나 가장 좋은 상태로 보이게끔 한다. 유리는 오랫동안 욕망과 관련된 것으로 여겨진 듯하다. 하지만 그 계보는 단순하지 않다. 1547년에 glass는 회색을 지칭하는 형용사로 활용되었다. 이는 '청회색'을 뜻하는 웨일스어 단어 glas에서 유래했다고 추정된다. 이 어원은 유리의 또 다른 기능 하나를 암시하는데, 대상을 회색으로 보이게 해 무해한 것으로 만드는 것이다. 역설적이지만 이 역시 유리가 일으키는 작용의 핵심을 이룬다. 그리고 이는 분명 우리가 종종 유리를 보지 못한다는 사실과 관련된다. 유리의 핵심 역할 중 하나는 보이지 않는 것이다. 유리잔, 컴퓨터 스크린, 창문, 안경 렌즈 따위를 떠올려 보자. 유리는 존재하지 않으면서 존재하며, 그 안에 있는 사물들의 투명함과 바깥에 있는 사물들에 대한 접근을 보장한다.

이 두 어원이 반드시 모순되지는 않는다. 소네트를 살펴본 장에서 언급했듯 셰익스피어 시대에 glass라는 단어는 '무언가를 유리에 담다'라는 뜻의 동사로 사용되었다. 또 어떤 사물을 거울 앞에 둔다는 의미도 지녔을 것이다. 무언가를 유리에 담으면 그것을 볼 수 있는 동시에 가장 좋은 상태로 보존할 수 있다. 유리는 보이지 않는 속성을 통해 그 안에 담긴 내용물을 빛낸다.

마지막으로 한 번만 더 르네상스 시대 문학을 살펴보자. 에드먼드 스펜서◇의 1590년 작 『선녀 여왕』 3권에서 여주인공 브리토마트는 "마법의 유리 거울"을 지닌 마법사 멀린을 만난다. 멀린은 이 거울로 브리토마트에게 실종된 연인과 결혼하게 될 운명을 보여 준다.[1] 이 장면은 우리가 이 책에서 살펴본 유리의 다양한 기능을 한데 집약하고 있다. 마법의 유리 거울을 통해 브리토마트는 미래에 접속하고, 로맨틱한 욕망의 초점을 정하며, 누군가를 소유할 수 있는 대상으로 만든다.

이 장면은 용과 마법사와 기사가 활개 치는 판타지 세계 속 장면이다. 동시에 이는 유리 기술이 혁신되면 사람들이 멀리 떨어진 곳을 볼 수 있으며 전능한 지식을 얻을 수 있으리라 기대했던 엘리자베스 시대 영국의 정서를 담고 있기도 하다. 스펜서는 멀린의 물건을 이렇게 표현한다.

자신의 심오한 학문과
지옥도 두려워하는 힘을 가지고 만든 것으로서,
그 신통함은 곧 드넓은 세상에 퍼져 나가 칭송받게 되었다.
그것은 대지의 깊은 곳과 높은 하늘 사이
세상에 존재하는 것이면 무엇이든지 간에,
바라보는 사람과 관련이 있는 것이라면
완벽한 모습으로 보여 주는 힘이 있었다.
적이 만들었거나 친구가 감춘 모든 것이
전부 드러나서, 아무것도 피할 수 없었고
아무것도 비밀로 남아 있을 수가 없었다.

◇ 에드먼드 스펜서(1552?~1599)는 영국 문인으로 영문학의 전통을 확립하고 격조를 끌어올리는 데 심혈을 기울인 인물이다. 기독교 신앙을 바탕으로 삼은 동시에 그리스 사상으로 대표되는 고전고대의 영향 또한 적극적으로 수용한 자신만의 기독교적 인문주의를 대작 『선녀 여왕』으로 형상화하고자 했다(1590년과 1596년 두 차례에 걸쳐 6권까지 출간되었는데 그는 여기에 여섯 권을 더 추가하고 싶어 했다). 존 밀턴을 위시한 후대 시인들에게 많은 영향을 미쳐 '시인들의 시인'이라는 별칭을 얻기도 했다.

멀린의 마법 거울은 세계가 담고 있는 모든 것을 담고 있으며 무궁무진하게 활용될 수 있다. 거울을 보면서 브리토마트는 자신의 모습이 비치기를 기대하지만 거울에는 그 모습이 나타나지 않는다. 그런 뒤 그녀는 거울 속에서 미래의 남편이 누가 될지를 찾는다. 사랑은 그녀가 나르시시즘적 시선을 거두고 자신의 욕망을 채워 줄 타인을 향하게 만드는 고리가 된다. 그제서야 "잘생긴 기사"가 등장한다. 멀린의 거울은 군사적으로도 활용된다. 「스타트렉」의 거울 우주에 등장하는 탄탈로스 장과 「마이너리티 리포트」에 나오는 유리 디스플레이를 예견하기라도 하듯 스펜서는 이 거울에 멀리 있는 적을 인식하고 무력화하는 힘이 있다고 묘사한다. SF의 내러티브와 르네상스 시 모두에서 유리가 강력한 힘을 보유할 수 있는 이유는 그 안에 모든 것을 수용할 수 있기 때문이다. 스펜서는 멀린의 거울을 간단하게 "둥글고 속이 빈 모양"이라고 설명한다. 그럼에도 이 거울은 모든 것을 품고 있다. 거울은 이렇게 묘사된다.

그 자체로 세계인 것처럼,
유리로 만든 세계처럼 보였다.

르네상스 시대에는 유리가 세계를 담을 수 있다거나 세계가 단순히 하나의 유리로 이해될 수 있다는 생각이 아주 만연해 있었다. 이 책에서 우리는 귀고리 안에 하나의 세계 전체가 존재한다고 상상한 마거릿 캐번디시의 시와 눈앞의 풍경 전체를 태양이 스스로를 비춰 보는 하나의 거울에 비유한 앤드루 마벌의 시를 읽었다. 또 햄릿이 연극을 준비하며 읊는 "자연에 거울을 갖다 대는 일"이라는 대사를 떠올릴 수도 있을 것이다. 유리는 어떻게 예술이 삶을 모방하는지를 가장 잘 보여 주는 은유다. 후에 햄릿은 어머니를 동요시키고자 "당신의 가장 깊숙한 내면을 보여 주는 거울"에 대면시킨다.[2] '유리는 진실입니다'라고 주장하는 O-I의 '유리는 생명입니다' 캠페인을 떠올려 보자. 스펜서와 셰익스피어를 비롯해 르네상스 시대의 여러 작가는 모든 것을 담아 내고 모든 것을 밝혀 주는 이 사물의 능력이 이러한 주장이 참임을 입증할 수 있다고 믿었던 것 같다.

내 주머니에는 무엇이 들어 있을까?

나는 J. R. R. 톨킨의 『호빗』*The Hobbit*, 1937에서 빌보 배긴스와 골룸이 처음 만나는 장면을 쭉 사랑해 왔다. 둘은 서로에게 여러 수수께끼를 던진다. 톨킨은 중세 문학 전공자였고, 그가 『호빗』에서 활용한 수수께끼들은 사실 10세기의 원고 묶음인 『엑시터서』*Exeter Book*에 들어 있는 것들이다. 앵글로색슨 시를 묶은 『엑시터서』에는 거의 백 개에 달하는 수수께끼와 난제가 수록되어 있다. 하지만 빌보가 골룸에게 던지는 마지막 수수께끼는 『엑시터서』에 등장하지 않는 것이다. 호빗 빌보 배긴스는 이렇게 묻는다. "내 주머니에 들어 있는 게 뭘까?"

이 질문은 골룸을 화나게 만든다. 그걸 그가 대체 어떻게 알겠는가?

지금 내 주머니에는 아이폰이 있다. 당신 주머니에도 스마트폰이 들어 있을 것이며, 지금은 없더라도 최근에 한 번쯤은 스마트폰이 있었을 것이다. 2020년이면 전 세계 성인의 80퍼센트가 웹에 연결된 스마트폰을 사용하게 될 것이라고 한다.[1]

아이폰이나 여타 유사한 기기들은 우리가 소통에 이용하는 가장 보편적인 유리 형태 중 하나다. 그리고 우리는 온갖 방식으로 이 유리와 상호작용한다. 촉각 차원에서 우리는 계속 스크린을 탭하고 스와이핑한다. 상호작용 차원에서 우리는 스크린을 통해 우리 자신을 보고 다른 사람을 보며 무언가를 검색한다. 감정 차원에서 우리는 이 유리 조각 때문에 조바심을 내기도 하고 이 조각을 무시하기도 한다. 하지만 그러거나 말거나 그것은 항상 거기 있다. 이는 입구요 유리창이며 접속 지점이다. 그리고 액정이 깨지거나 부서지기 전까지는 그것이 유리로 만들어졌다고 생각하는 일이 별로 없다.[2]

다가올 세계는 유리로 만들어진 세계일지도 모른다. 물론 이 세계가 코닝이나 다른 신기술 기업들이 상상한 손 뻗으면 닿을 거리에 항상 상호작용할 수 있는 유리가 존재하는 세계의 모습과 정확히 같지는 않을 것이다. 기억해야 할 점은 이 유리 표면들을 통해 접속하는 세계 역시 유리로 이루어져 있다는 것이다. 우리의 스크린은 회로 기판과 글로벌 인터넷망에 힘입어 정보들로 채워지는데, 이 기판과 인터넷망도 유리섬유로 만들어진다. 유리섬유는 전화에 사용되는 구리선의 결점을 보완할 목적으로 개발되었으며, 빛을 나를 수 있는 투명한 유리섬유인 광섬유를 발명한 기업이 다름 아닌 코닝사였다. 광섬유 케이블 형태를 취한 유리는 사용자가 원하는 것이라면 무엇이든 전달하는 웹의 가닥들을 연결한다.

아이폰과 인터넷은 유리에 대한 르네상스 시대의 환상이 어떻게 우리 시대의 것이 되었는지를 보여 주는 가장 최근의 사례라 할 수 있다. 인류는 유리에 상호작용이라는 성질을 부여했다. 우리는 서정시와 쇼룸 바닥, SF 영화를 보면서 이 사물들에 인류의 저 상상력이 반영되어 있음을 느낀다.

더 읽을 책

최근 이십 년간 유리의 역사를 분석한 책이 많이 발간되었다. 몇몇 책은 문학에서 묘사된 유리—주로 거울—를 소재로 삼고 있다. 장식적이거나 기능적인 사물로서 유리의 역사를 다룬 책도 많다. 유리에 대한 전통적인 연구들은 유리 제조 기술, 장식용 유리가 발전한 특정 시기, 문학에서 유리가 차지한 중요성에 관한 역사 등에 초점을 맞춰 왔다. 그러므로 앨런 맥팔레인과 게리 마틴의 『유리의 세계사』*Glass: A World History*, 2006나 데이비드 화이트하우스의 『유리의 짧은 역사』*Glass: A Short History*, 2012는 문화 속에서 유리가 누린 고유한 역사를 추적해 보려는 독자들의 흥미를 자극할 것이다. 장식용 사물이자 가재도구며 이제는 점점 더 복잡한 공정을 거쳐 생산되고 있는 거울에 대한 중요한 연구들도 발표되었다. 가장 눈에 띄는 작업 중 하나는 사빈 멜키오르–보네의 『거울의 역사』*The Mirror: A History*, 2002이다.

초기 영문학에서 유리가 재현된 방식을 다루는 책도 여럿 있다. 이에 해당하는 저작으로는 허버트 그레이브스의 『변하기 쉬운 유리: 중세와 영국 르네상스 시기 제목과 텍스트에서의 거울적 형상화』*The Mutable Glass: Mirror-Imagery in Titles and*

Texts of the Middle Ages and English Renaissance, 1982와 에드워드 놀런의『이제 거울을 통해 어둡게: 베르길리우스에서 초서까지 존재와 인식의 반영적 이미지』*Now Through a Glass Darkly: Specular Images of Being and Knowing from Virgil to Chaucer*, 1991 등이 있다. 레이나 칼라스의『프레임, 글래스, 버스: 영국 르네상스에서 시적 발명의 기술』*Frame, Glass, Verse: The Technology of Poetic Invention in the English Renaissance*, 2007은 유리 기술의 발전이 어떻게 셰익스피어 시대 시인들에게 언어 조형을 위한 어휘를 제공했는지를 매혹적으로 논한다. 어떤 면에서 내 책은 벤저민 골드버그의『거울과 인간』*The Mirror and Man*, 1985과 접근법상 가장 유사하다. 이 책은 거울과 관련된 전 세계의 고대 신화와 20세기 후반의 기술에서 거울이 활용된 사례들에 대한 학문적 연구를 소개한다. 일부 독자는 매기 M. 윌리엄스와 캐런 아일린 오버비가 편집한『투명한 사물들: 캐비닛』*Transparent Things: A Cabinet*, 2013에서 영감을 받을 수도 있을 것이다. 이 책은 중세의 학문과 교육에 대한 일련의 저술을 모아 편집한 책이다. 객체에 대한 새로운 사고를 조성하고자 미술사가와 시각 문화 연구자 들이 협업한 작업이자 '물질 집합'Material Collective에 보내는 '러브레터'라 할 수 있는 이 책에 담긴 몇몇 저술은 크리스탈이나 스테인드글라스 같은 투명한 객체들을 활용해 논의의 틀을 구성하고 있다.

감사의 말

이 책이 완성된 결과물이 되는 과정에서 여러 사람에게 도움을 받았다. 오브젝트 레슨즈 시리즈에 참여해 보라고 제안한 사람부터 책의 주제와 관련해 다양한 이야기를 들려준 사람, 유리와 관련된 흥미로운 참고 문헌을 보내 준 사람에 이르기까지 말이다. 브라이언 알렉산더, 어맨다 베일리, 크리스 베이츠, 이언 보고스트, 지나 케이슨, 마커스 이워트, 마거릿 퍼거슨, 제프리 피셔, 윌리엄 개리슨, 제인 모너핸 개리슨, 스티븐 가이-브레이, 스콧 헨드릭스, 메리 홀랜드, 필립 크레이카렉, 머리나 맥두걸, 콜린 밀번, 해리스 나크비, 케빈 맥마흔, 그레고리 마크스, 크리스토퍼 메이, 카일 피베티, 헬렌 색세니언, 크리스토퍼 섀버그, 카를 슈미더, 몰리 월시에게 감사의 말을 전하고 싶다. 이 책의 초기 원고는 『디 애틀랜틱』에 기사로 게재되었다. 이 프로젝트의 초기 구상을 공유할 자리를 만들어 준 『디 애틀랜틱』 편집위원들에게도 감사를 표하고 싶다.

거울 밖으로

주영준

1

2011년 봄, 바를 열었다. 여러 이유가 있었고 별다른 생각은 없었다. 작은 상가 건물의 한 층을 임대해 공사를 시작했다. 미용실을 거쳐 소줏집이 들어와 있던 자리다. 그때나 지금이나 돈이 별로 없었기에 최소한의 돈으로 어떻게 잘 꾸며 볼 수 없을까 고민했다. 그리고 그런 생각은 언제나 그렇듯 잘 못된 생각이다. 미용실을 인수받아 소줏집을 운영하던 아주머니는 미용실 인테리어를 거의 그대로 사용해서 장사를 했고, 그렇게 다섯 달 만에 망했다. 매끈하게 빛나는 빨간 벽면에 미용실 거울이 여기저기 붙어 있는 소줏집에서 야채전을 먹는 걸 즐기는 사람은 많지 않을 것이다. 가게 이름도 제법 별로였는데, 지금은 전혀 기억나지 않는다는 점에서 정말 꽤나 별로인 이름이었으리라 생각한다. 지금 내가 쓰고 있는 '틸트'Tilt라는 이름도 그리 좋은 이름은 아니겠지만.

차라리 미용실의 인테리어에 아예 손을 대지 않았다면 더 나았을 텐데. 쓸데없는 것들을 쓸데없는 곳에 붙여 둔 건 뭐

랄까 화룡점정이었다. 이를테면 시장에서 파는 크리스마스 트리 장식 세트에 들어 있는 스티커나 조명 같은 걸 여기저기 붙여 두었다거나. 그것들을 떼느라 손톱이 떨어지는 기분이었다. 빨갛게 빛나는 매끈한 벽면마다 붙어 있는 커다란 미용실용 전신 거울을 어떻게 하지. 떼어 내자니 벽 전체를 철거해야 할 텐데 그럴 돈은 없었다. 그렇다고 손톱으로 벽을 뜯어낼 수도 없었다.

하지만 역시 어떻게든 없애 버려야 한다. 바 테이블에 앉아 거울에 비치는 자신을 보며 한 잔의 술을 마시는 건 드라마 속에서나 낭만적이지 직접 하기엔 그다지 유쾌한 일이 아닐 것이다. 그냥 커튼으로 가려 버릴까 싶었지만, 그때만 해도 술집에서 담배를 피울 수 있던 시절이었다. 담배 냄새가 밴 커튼이 있는 가게에서 위스키나 칵테일을 마시는 걸 즐기는 사람은 미용실 거울이 붙어 있는 가게에서 야채전을 먹는 걸 즐기는 사람만큼이나 별로 없을 것이다. 어쩌지.

그런데 또 그냥 가리자니 아깝고 놔두자니 우습고. 하여 나는 새까만 절연 테이프를 여기저기 덧대 거울을 반쯤 가려 버렸다. 그러고 나니 왠지 어딘가 좀 약간 제법 괜찮아 보인다는 자기최면에 이를 수 있었다. 그래, 이 정도면 나쁘지 않군. 어차피 벽면에는 백 바back bar를 달 거니까, 백 바 사이사이에 검은 장식이 여기저기 붙은 거울이 있는 건 그런대로 오케이. 흑색과 적색, 촌스러운 애들이 덜 촌스러운 티를 내고 싶을 때 선호하는, 전형적인 촌스러운 조합이지만 그것도 그럭저럭 오케이.

그렇게 나는 거울과 거울 사이에 장을 짜고 그 앞에 바 테이블을 놓아 영업을 시작했다. 그렇게 많은 일들이 시작되었다. 몇 년 동안 나는 이편에 서서 거울을 등지고 술을 내고, 손님들은 저편에 앉아 반쯤 가려진 거울을 바라보며 술을 마셨다. 좋은 일도 있었고 나쁜 일도 많았고 그렇게 시간은 잘도 흘러갔다. 몇 년이 지나자 늘어난 술을 보관할 자리가 없어서 결국 거울 앞에도 장을 짜게 되었고, 몇 년이 또 지나자 그마저도 모자란 상황이 되었다. 제빙기 한 대, 냉장고 한 대로 시작한 가전 설비는 무슨 IS처럼 확장 전쟁을 시작해 가게 여기저기서 자기 영토를 마음껏 주장했다. 한계다. 언제 한번 다 부수고 새로 장을 짜야 할 것 같은데. 동선은 점점 꼬이고 일은 점점 지쳐 가고. 이래서는 안 돼. 뭐라도 해야 하는데. 그런 생각을 하고 있던 어느 날 그가 왔다, 또. 하긴 그는 태초부터 언제나 여기에 왔고, 나는 태초부터 가게를 한번 뒤집어엎어야 할 텐데 하고 생각했으니.

2

가게에 들어오면 일단은 좋은 손님이고, 마음에서 나가면 더이상 그는 내 손님이 아니다. 그리고 가게의 문턱과 마음의 경계에 걸쳐진 사람이 몇 있었다. 그는 그런 손님이었다(그에 대한 이야기를 시작하기 전에 미리 밝혀 두도록 하자. 나는 짧은 글의 소재로 당신을 다뤄도 되겠냐고 이 글에 등장하는 '그'에게 물었고, 그는 쾌히 승낙하며 본인 신체의 특정 부분의 사이즈에 대한 멋진 묘사를 넣어 달라고 부탁했으나 그건 상큼하게 무시하겠다). 시끄럽고 조잡한 대학가의 싸구려 펍에서 흔히 볼 수 있는 유형으로 분류 가능한. 가장 싼 술로 시작해 결국 여러 잔을 마시고 쉴 새 없이 근무자와 옆 사람에게 말을 건다. 별로 자랑할 만하지 않기에 이런 곳에서 자랑스레 떠들 만한 가정사와 연애사가 그의 주된 대화 소재다. 마음에 드는 상대를 만나면 상대를 놔주지 않고, 불쾌한 상대를 만나면 면전에서 어깃장을 놓기 시작한다. 그러다 결국 근무자의 제지를 받고 쫓겨난다. 손님, 많이 취하셨네요.

이런 사람들 중 어떤 사람들은 의외로 괜찮은 사람인데, 그저 지금 당장 조금 아픈 시절과 시련을 겪고 있을 뿐이다. 그리고 이런 사람들 중 어떤 사람들은 정말로 도저히 참아 줄 수 없는 인간이다. 그 친구는 어느 쪽이었을까. 지금 다시 생각해 보려니 뒷골이 시큰해지고 분노가 치밀어 오를 것 같다. 그만두자.

내 가게를 열기 전에 다른 술집들에서 일하며, 그리고 다른 술집들에서 손님으로 즐기며, 나는 그런 종류의 사람을 수도 없이 마주쳤다. 그리고 어린 시절의 거울 속에서도 수도 없이 마주쳤다. 그저 흔한 보통의 머저리들과 비슷한 꼬라지였더라면, 나는 그에게 그렇게까지 이상한 짜증을 느끼지 않았을 것이다. 내가 그에게 굉장한 짜증을 느낀 핵심적인 이유는 그가 보여 준 꼬라지 하나하나가 내 옛 시절을 생각나게 했다는 데 있다. 없는 돈 쪼개 술 마시고 며칠 굶고. 지독하게 담배를 피우고. 무례함을 솔직함이라 여기는 경지를 넘어 무례함이야말로 궁극의 예의라 생각하는 듯 굴고. 목 늘어난 티셔츠에 해진 추리닝을 걸친. 총체적으로 인간이 아닌 존재였다. 그나마 그가 가진 유일한 인간 수준의 기능이 작문 기능이라는 사실과, 그의 친구들이 그를 상당히 아낀다는 사실, 대체로 취향이 유치하고 엉망진창이지만 술 취향만큼은 그리 나쁜 수준이 아니라는 정도의 나름 긍정적인 요소들도 나를 화나게 만들었다. 내 눈에 그는, 누군가가 나를 조롱하기 위해 내 지난 시절을 바탕으로 여기저기를 상당히 나쁜 방식으로 왜곡해서 만들어 낸 풍자적인, 거울상적인 인물 같았다. 아, 물론 이는 모두 내 눈에 비친 이야기일 뿐이다. 누군가의 눈에는 그야말로 지상 최고의 사람이며 나는 최악의 놈새끼일 것이다.

그가 학생이던 시절, 대략 스무 번 정도 그를 가게에서 쫓아냈고 두어 번 정도 '다시는 여기 오지 않으면 좋겠다'고 말했다. 그때마다 그는 깊고 공손하게 사과하고 보름 정도가 지나면 보름하고 며칠 전의 그로 돌아갔다. 와 나 씨 진짜 어떻게 이거까지 나랑 이렇게 똑같을 수가 있냐. 어이없음의 웃음이 화를 눌렀다.

하지만 중요한 것은 현재일 것이다. 대학을 졸업하고 '글을 다루는 유사 전문직'(이것은 그의 표현이다)이 된 그는 이제 꽤 좋은 손님이 되었다. 과거 무례를 범한 옆자리 손님에게 진심 어린 사과를 했고 그 손님은 사과를 받아 주었으니. 그리고 그는 (적어도 내 가게에서는) 더 이상 한 번 사과했던 것과 같은 잘못을 다시 저지르지 않으니(아쉽게도 나는 아직도 같은 잘못을 잘 저지른다. 멍청하고 한심하게도). 그는 더 이상 재미없는, 그리고 오십 번 정도는 들은 기억이 있는 자기 옛이야기를 하지 않는다. 이제 그는 자기 현장의 새로운 이야기를 건전한 성인 직장인처럼 늘어놓는다. 물론 여전히 꽤 재미없는 이야기들이고 여전히 술을 마시면 헛소리를 한다는 문제가 있으나 그건 그의 잘못이 아니다. 대부분의 인간은 꽤 재미없고, 마찬가지로 대부분의 인간은 술을 마시면 헛짓을 하니까.

3

깔끔한 드레스 셔츠에 타이를 차고 앉아 더 이상 제일 싼 술을 만취할 때까지 주문하지도 헛소리를 하지도 않는 그를 바라보며 정말로 시간이 많이 흘렀구나 생각했다. 내가 삶에 눌려 으깨지고 가게가 더해진 물건들의 하중에 눌려 무너지는 그 오랜 시간 동안 저 금수만도 못한 새끼가 사람이 되었구나. 나는 그의 얼굴을 거울삼아 시간이 쌓아 낸 절망을 보는데 그는 나의 얼굴에서, 내 뒤의 거울에서 무엇을 보고 있을까. 우울하군. 대학가에서 바를 하다 보면 이런 우울을 자주 느낀다.

아. 정말로 시간이 많이 흘러 버렸어. 한심하군. 그동안 나는 좀 더 한심한 늙은이가 되었고, 충분히 나쁘고 너저분하게 시작한 가게는 더 나쁘고 너저분해진 데다 불편해졌다. 이대로는 안 되겠어. 손을 봐야지. 그렇게 가게 리모델링을 결심했다. 전적으로 그 때문만은 아니었지만, 그의 존재가 꽤 큰 역할을 했음은 부정할 수 없는 사실이다. 이런저런 계획을 세웠다. 저 거울도 이제는 안녕이다. 그나저나 거울이 붙어 있는 벽 뒤에는 뭐가 있을까. 말라붙은 쥐의 시체나 이상한 가벽 같은 게 없으면 좋겠는데.

아무튼 이제 다 부숴 버리고 바와 백 바만 간결하게 새로

짜는 짧은 공사를 시작하자. 구체적인 계획은 완성되었고, 상당히 싼 공사비를 부른 작업자도 물색해 두었다. 그렇게 공사 하루 전날이 왔고 그날도 언제나처럼 그가 놀러 왔다.

"형, 내일부터 리모델링한다면서?"

"해야지. 좀 제대로 된 바처럼 만들고 싶다."

"그래. 그래야 내가 여기서 데이트도 하고 친구도 데려오고 그러지."

"어이구, 친구가 있기는 하냐?"

우리는 가게 앞에서 담배를 피우며 이런 시시한 이야기를 나누었다. 두어 달 전, 리모델링 계획을 구체적으로 세우던 시기에도 비슷한 대화를 나눈 기억이 있다. 그리고 이런 무의미한 대화는 내게 꽤 의미 있는 목표를 제시하게 되었다. 그래, 내 눈앞의 그가 편하게 친구를 데려올 만한 장소를 만들어 보자. 하지만 어딘가 좀 불공평한 느낌이군. 이 녀석이 멍청한 짓을 하던 시절 여기는 멍청한 짓을 하기 적절한 펍이었는데, 이 녀석이 멀쩡한 사회인이 되자 이곳도 멀쩡한 바가 된다니. 그는 돈을 내고 나는 술을 주니 그럭저럭 공평한 거래이려나.

4

일요일 영업을 끝내고 짐들을 빼냈다. 일은 아침이 되어서야 끝났고 술병들에 가려져 있던 거울은 오랜만에 영롱한, 그리고 꼬질꼬질한 맨살을 드러냈다. 나는 탈진한 채로 바 테이블에 쓰러져 처음이자 마지막으로 바 테이블에 키스했다. 싸구려 합판으로 만든 바 테이블의 여기저기에는 육 년간 흘러 떨어진 수많은 유체의 얼룩이 피고 진 자국이 남아 있었다. 그동안 수고가 많았어. 바 테이블의 이쪽 편에서 흘린 눈물과 웃음과 술이 많을까, 저쪽 편에서 흘린 눈물과 웃음과 술이 많을까. 오랫동안 수고했어. 이제 안녕. 곧 작업자가 왔고, 나는 바를 철거하는 모습을 구경하고 싶었으나 그럴 상황이 되지 않았다.

작업자는 정말로 일을 못했다. 그는 연장도 자재도 제대로 챙겨 오지 않았고, 공사를 감독해야 할 내게 자꾸 이게 없고 저게 없으니 사 오라고 시켰으며, 내가 나가 이것과 저것을 구해 오는 사이에 공사는 엉망진창이 되어 있었다. 삼풍백화점과 성수대교가 붕괴한 이유를 알 것 같았다. 저런 사람이 평생 건설 현장에서 일을 해 왔다는 건가. 첫 이틀 정도는 웃는 낯으로 인사하고 함께 일했지만 사흘째부터 고성이 오갔다. 일정은 늘어났고 목요일이 조금 더 더웠더라면 나나 그 사람 둘 중 하나의 몸에 톱날이나 못 같은, 사람 몸에 쉽게 들어가는 물건 중 몇 개가 깊게 박히게 되었을 것이다.

안 좋은 일들은 계속 일어났다. 리모델링 중에 건물주를 만나는 건 자영업자가 상상할 수 있는 최악의 경우 중 하나다. 이런 상황에서 합리적인 건물주에게는 보통 두 개의 생각이 떠오를 것이다. '이 친구 장사 좀 잘되나 보네?' 혹은 '이제 돈 묻었으니 못 나가겠네?' 그리고 보통 이런 생각들은 하나의 길로 수렴한다. 그러나 더 안 좋은 경우도 물론 있다. 이를테면 제정신이 아닌 세입자가 여러 사정으로 건물주에게 대드는 장면을 상상해 보라. 공사가 끝없이 꼬여 마음이 꼬이고 꼬인 상황에서 나는 건물주와 마주치게 되었고, 그 자리에서 무의미하고 맥락 없는 무례를 저질렀다. 다음 날, 나는 정말 끝장이지 싶었다. 생각 없는 놈아, 대체 어제 무슨 짓을 한 거냐. 우울의 나락에 잠시 몸을 맡기고 일을 수습하고 싶었지만 그럴 여유가 없었다. 작업자가 쉴 새 없이 꼼꼼하게 또 일을 망쳐 놨기 때문이다. 주말에야 공사를 겨우 정리하고 정신줄을 붙잡아 건물주에게 사과하고 또 사과하고 또 사과했다. 그리고 사실 이 글을 쓰는 지금도 별로 마음이 편하지 않다. 훈련소 시절이 떠오른다. 첫 반공 교육 시간에 나는 졸고 있었다. 교관은 "힘든 훈련 중에 이런 좀 편한 시간도 필요하니 졸아도 봐준다"고 말하는 착한 사람이었다. 그는 "사실 주한 미군이 한 나쁜 짓은 없다. 전부 선동이다. 몇 년 전의 장갑차 사건은 흔히 일어나지 않는 우연한 사고일 뿐이다. 혹시 주한 미군의 범죄를 구체적으로 아는 훈련병 있나? 없지?"라고 말했고, 꿈과 생의 경계에서 나는 손을 들고 "92년 윤금이 씨 사건부터 해서 당장 장갑차 사건이 난 해에도 미군 기지 작업자 감전 사건이 있었고 뭐 많은데요"라고 내뱉었다. 그러고 나서야 여기가 꿈속이 아니라 현실이구나, 나는 훈련병이고 하는 많은 정보가 뇌리로 쇄도했다. 갑자기 분위기가 싸해졌고 나는 일주일 정도 악몽에 시달렸다. 다행히 실제로 별일이 일어나지는 않았다. 이번에도 부디 별일이 일어나지 않기를. 하지만 돈과 기분은 안보와 정신 무장 따위보다 훨씬 중요하고 실체적인 대상이므로, 왠지 중요하고 실체적인 나쁜 일이 일어날 것임에 틀림없다는 예감이 든다. 다음 재계약까지 몇 달 동안 나는 계속 악몽에 시달릴 것이다. 하지만 악몽은 사실 별 문제가 아니다. 훈련병이나 자영업자나 별일이 일어나지

않아도 낮에는 악몽을 거닐고 밤에는 악몽을 꾸는 포지션이
니까.

그렇게 어찌어찌 공사는 끝났다. 사실상 두 번 공사한 셈이
다. 그러고도 모자라 내가 직접 근처의 목공소에서 목재를 켜
망치와 톱을 들고 여기저기를 덧댔다. 그렇게 어떻게든, 아무
튼, 결국, 공사는 끝났다. 이제 더 이상 거울은 없다. 이제 더
이상 싸구려 합판도 없다. 더 이상 빛을 반사하는 벽면도 없
다. 철거를 하면서야 빨갛게 번쩍이던 내벽의 정체가 아크릴
이나 플라스틱이 아니라 유리였다는 사실을 알았다. 육 년 동
안 꿈에도 몰랐네. 유리란 생각보다 대단하군. 내 체중과 소줏
집의 하중과 미용실의 역사를 대체 몇 년 동안 버틴 걸까, 저
유리는.

5

블라디미르 일리치 레닌은 러시아혁명을 완수하고 '제법 건
강한 아이가 태어났다'는 말을 남겼다. 자본주의를 극복하는
혁명은 항구적이고 연쇄적이어야 하며, 한 국가 안에서의 사
회주의는 불가능하다고 주장한 레닌은 땅덩이만 큰, 유럽 주
류와 자본주의에서 꽤 멀리 있던 추운 농업 국가에서 일국의
혁명을 완수하고 저렇게 말했다. 어쨌거나 제법 건강한 아이
가 태어났고, 이제부터 시작이다. 글을 쓰는 중에 레퍼런스를
다시 찾아보려고 했으나 찾지 못했다. 기억에 의존한 레퍼런
스는 대체로 부정확하다. 이를테면 친구 중 하나는 항상 아리
스토텔레스를 인용하며 "취향은 논쟁의 영역이 아니다"라고

입버릇처럼 말했는데, 아리스토텔레스가 취향과 덕과 정치에 대해 자주 이야기하기는 했지만 정확하게 저 문장을 말한 사람은 경제학자 게리 베커다.

삶이란, 공사란 으레 인용이나 반사처럼 이상하게 엇나가고 왜곡된다. 과정도 결과도 썩 마음에 들지 않지만 일이 끝나고 나니 레닌의 마음을 어느 정도 이해할 수 있을 것도 같다. 그럭저럭 건강한 아이가 태어났다고 생각한다. 출산 과정은 전혀 행복하지 않았으며 우량아가 태어난 것도 아니지만, 새로운 탄생은 새로운 시작일 뿐. 소련은 의외로 오래갔으니 나도 이 가게도 꽤 오래갈 것이고 그렇게 만들 것이다. 거울과 함께 오랜 시간을 보냈고 이제 더 이상 거울은 없다. 나는, 내 바는 더 이상 무엇도 비추지 않을 것이며, 맨살을 드러낸 돌벽처럼 단단하게 그저 여기서 삶을 버틸 것이다. 오래.

공사가 끝난 뒤 잠시 휴가를 내고 오랜 팬이었던 아티스트의 공연에 다녀왔다. 투어 마지막 라이브의 마지막 앙코르 곡으로 그녀는 「거울」이라는 노래를 불렀다. "너를 이 눈에 새겨 둘 거야. 그래, 너를 뚫어지게 바라보고 있어. 오늘은 어쩔 수 없잖아. 네가 나를 떠나는 날이니. 너를 사랑하는데. 너는 내 거울인데." 거울. 막 거울을 벗어났는데 또 거울이라. "허세를 부려 산 엄청 비싼 라이더 재킷, 기침이 멈추지 않는 밤에도 필사적으로 일했지"라는 가사를 들으며 내 상황에서 허세를 부려 엄청 비싼 대가를 치르고 확보해 낸 휴가 일정과 작업자가 엉망진창으로 칠한 래커를 밤새 나 홀로 시너로 벗기고 또 덧칠하다가 호흡 곤란으로 콜록거렸던 며칠 전의 일이 떠오르고 그랬다. 인간이란 참 어디서나 의미를 찾고 결국 제

스스로를 바라보는구나. 거울 같은 것 없이도 여기서 또 많은 사람이 자기 삶을 바라보겠지. 아마 나도 그럴 것이고. 그렇게 앞으로도 많은 우연과 일이 일어나겠지.

그림 목록 _____

원주 ____

서문

1   Alan Macfarlane and Gerry Martin, *Glass: A World History* (Chicago: University of Chicago Press, 2002), pp. 10~16.

2   단어의 의미와 기원에 대한 모든 설명은『옥스퍼드 영어 사전』온라인판에서 인용했다. http://oed.com.

3   르네상스 시대에 이르러 유리에 대한 문학적 논쟁이 극적으로 증가했다. 마거릿 이젤은 17세기 들어 거울과 유리가 텍스트에 등장하는 빈도가 "비약적으로" 늘었다고 지적한다. 그녀에 따르면 1640~1660년에 출판된 텍스트 중에서 거울과 관련된 제목이 붙은 텍스트가 185편에 달한다. Margaret J. M. Ezell, "Looking Glass Histories", *Journal of British Studies* 43, no. 3 (July 2004), pp. 320~321.

2 ___『맥베스』

1   르네상스 시대의 텍스트를 인용할 때는 현대 스펠링을 사용했다. 또 셰익스피어의 저작은 모두 Stephen Greenblatt, Walter Cohen, Jean E. Howard, and Katharine Eisaman Maus eds., *The Norton Shakespeare* (New York and London: W. W. Norton & Company, 2008)에서 인용했다.

2   Jonathan Gil Harris, *Untimely Matter in the Age of Shakespeare* (Philadelphia: University of Pennsylvania Press, 2008), p. 189.

3   *Ibid.*.

4   Deborah Shuger, "The 'I' of the Beholder: Renaissance Mirrors and the Reflexive Mind", in Patricia Fumerton and Simon Hunt eds., *Renaissance Culture and the Everyday* (Philadelphia: University of Pennsylvania Press, 1999), pp. 21~41.

5   Alan Macfarlane and Gerry Martin, *Glass: A World History* (Chicago:

University of Chicago Press, 2002).

6   Sara Ahmed, *Queer Phenomenology: Orientations, Objects, Others* (Durham, NC: Duke University Press, 2006), p.1.

7   *Ibid.*.

8   George Gascoigne, *The steele glas. A satyre co[m]piled by George Gascoigne Esquire. Togither with The complainte of Phylomene. An elegie devised by the same author*(London: Henrie Binneman for Richard Smith, 1576), lines 1132~1134.

9   George Puttenham, *The Art of English Poesy: A Critical Edition*, eds. Frank Whigham and Wayne A. Rebhorn(Ithaca and London: Cornell University Press, 2007), p.129.

3 _ 「마이너리티 리포트」

1   삼성, 플라나 시스템Planar Systems, 루미넥Lumineq 등의 기업이 영화에 나온 것과 같은 투명 디스플레이를 생산하고 있다. 삼성이 생산하는 디스플레이의 명칭인 '스마트 윈도'Smart Window는 유리가 존재론적으로 지능을 지닌다는 주장을 함의한다. 전기 조명이 아닌 태양광이 이 디스플레이 패널에 빛을 제공한다. 플라나와 루미넥은 사용자의 시선을 따라가며 사용자가 보고 있는 것에 대한 정보를 제공하는 '헤즈업 디스플레이'heads-up display를 개발 중이다. 예를 들어 자동차 앞유리[전면 방풍창]에 적용된 투명 디스플레이는 속도, 교통 상황, 장애물 등에 대한 정보를 줄 수 있을 것이다. 뒤에서 보겠지만 이런 디스플레이들은 「미션 임파서블: 고스트 프로토콜」과 「캡틴 아메리카: 윈터 솔저」에 등장한다. 코닝의 「유리로 만든 하루」에 등장해도 잘 어울릴 것이다.

4 _ 현미경의 시야

1   Robert Hooke, *Micrographia: Or Some Physiological Descriptions of Minute Bodies Made by Magnifying Glasses with Observations and Inquiries Thereupon*(London: Jo. Martyn and Ja. Allestry, 1665).

2   Joseph Ganville, *Scepsis Sientifica Or Contest Ignorance, the Way to Science; in an Essay of the Vanity of Dogmatizing, and Confident Opinion, with a Reply to the Exceptions of the Learned Thomas Albius*(London, 1665; reprint, London: Kegan, Paul Trench & Co., 1885), pp.125.

3   아마도 왕립학회는 공상보다는 필요성 때문에 설립되었을 것이다. 망원경

과 현미경을 포함해 이전에는 볼 수 없었던 새로운 세계를 발견하는 데 필요한 과학 장비들은 비쌌기 때문이다. 로레인 대스턴과 캐서린 파크는 "자연과학은 협동성 때문에 사회적이며, 이렇게 협동해야 했던 이유는 자연과학이 사실에 입각한 학문이기 때문만이 아니라 조수를 쓰고 장비를 구입하는 비용을 부담할 마에케나스[고대 로마의 정치가이자 예술의 후원자]가 없었기 때문이다"라고 말한다. Lorraine Daston and Katharine Park, *Wonders and the Order of Nature: 1150~1750*(New York: Zone Books, 2001), pp. 245~246.

4   Francis Bacon, *The Major Works*, ed. Brian Vickers(Oxford: Oxford University Press, 2002), p. 484[『새로운 아틀란티스』, 김종갑 옮김, 에코리브르, 2002, 82쪽].

5   *Ibid.*, p. 485[같은 책, 82쪽].

6   *Ibid.*, p. 487[같은 책, 88쪽].

7   John Donne, *The Complete English Poems*(New York: Penguin, 1996), pp. 58~59[『존 던의 戀·哀·聖歌』, 김선향 옮김, 서정시학, 2016, 58쪽].

8   Francis Bacon, *The New Organon*, eds. Lisa Jardine and Michael Silverthorne(Cambridge: Cambridge University Press, 2000), p. 171[『신기관』, 진석용 옮김, 한길사, 2016, 237~238쪽].

5 _ 망원경의 시야

1   John Milton, "Paradise Lost", in Stephen Greenblatt, Katharine Eisaman Maus, George Logan, and Barbara K. Lewalski eds., *The Norton Anthology of English Literature Volume B: The Sixteenth and the Early Seventeenth Century*(New York and London: W. W. Norton & Company, 2012), pp. 1945~2175[『실낙원 1』, 조신권 옮김, 문학동네, 2010, 25쪽(283~291행)].

2   Thomas Harriot, *A Briefe and True Report of the New-Found Land of Virginia*, ed. Paul Hulton(New York: Dover, 1972), pp. 375~376.

3   Roland Greene, "A Primer of Spenser's Worldmaking: Alterity in the Bower of Bliss", in Patrick Cheney and Lauren Silberman eds., *Worldmaking Spenser: Explorations in the Early Modern Age*(Lexington: University Press of Kentucky, 2000), p. 9.

4   레이나 칼라스는 시작詩作 과정을 논하면서 르네상스기의 시들이 '구도'에서 '원근법'과 '반영'에 이르는 주제들에 천착했음을 보여 주었다. 실제로 '시'poetry라는 단어는 무언가를 만드는 행위를 뜻하는 고대 그리스어 poesis에서 유래했다. 그러므로 시 짓기 과정은 건축이나 공예(특히 유

리 공예) 같은 기술적이고 물질적인 작업과 조응한다고 할 수 있다. Reyna Kalas, *Frame, Glass, Verse: The Technology of Poetic Invention in the English Renaissance*(Ithaca and London: Cornell University Press, 2007).

5   Bernard le Bovier de Fontanelle, *Conversations on the Plurality of Worlds*, ed. Nina Rattner Gelbart, trans. H. A. Hargreaves(Berkeley: University of California Press, 1990), p.xxix.

6   Margaret W. Ferguson, "'With All Due Reverence and Respect to the Word of God': Aphra Behn as Skeptical Reader of the Bible and Critical Translator Fontenelle", in Heidi Brayman Hachel and Catherine E. Kelly eds., *Reading Women: Literary Authorship and Culture in the Atlantic World, 1500~1800*(Philadelphia: University of Pennsylvania Press 2008), pp.199~216.

6 _ 귀고리와 풍경

1   Margaret Cavendish, *Paper Bodies: A Margaret Cavendish Reader*, eds. Sylvia Bowerback and Sara Mendelson(Orchard Park, NY: Broadview Press, 2000), pp.253~254.

2   Gottfried Wilhelm Leibniz, *The Monadology*, trans. Robert Latta(Ithaca: Cornell University Press, 2009), section 67[「모나드론」, 『형이상학 논고』, 윤선구 옮김, 아카넷, 2010, 286쪽].

3   *Ibid.*, section 56 and section 77[같은 책, 291쪽].

4   Andrew Marvell, "Upon Appleton House", in Stephen Greenblatt, Katharine Eisaman Maus, George Logan, and Barbara K. Lewalski eds., *The Norton Anthology of English Literature Volume B: The Sixteenth and the Early Seventeenth Century*(New York and London: W. W. Norton & Company, 2012), pp.1811~1833.

5   Horace, *Satires, Epistles, and Ars Poetica*, trans. H. Rushton Fairclough (Cambridge, MA: Harvard University Press, 1942), p.443.

6   *Ibid.*, p.447.

7 _ 사진

1   Susan Sontag, *On Photography*(New York: Picador, 2001), pp.14~15[『사진에 관하여』, 이재원 옮김, 이후, 2005, 34쪽].

2   Roland Barthes, *Camera Lucida: Reflections on Photography*, trans. Richard Howard(New York: Hill and Wang, 1982), p.67[『밝은 방』, 김웅권

옮김, 동문선, 2006, 88쪽].

3   *Ibid.*, p. 69[같은 책, 91쪽].

4   *Ibid.*, p. 72[같은 책, 93쪽].

5   Marjorie Perloff, "'What has occurred only once': Barthes 'Winter Garden/Boltanski's Archives of the Dead", in Jean-Michel Rabate ed., *Writing the Image After Roland Barthes*(Philadelphia: University of Pennsylvania Press, 1997), p. 41.

6   Barthes, *Camera Lucida*, p. 72[『밝은 방』, 93쪽].

8 _ 셰익스피어의 소네트

1   Holly Dugan, *The Ephemeral History of Perfume: Scent and Sense in Early Modern England*(Baltimore, MD: Johns Hopkins University Press, 2001), p. 19.

9 _ 「유리 심장」

1   르네상스 시대에 glass라는 단어가 '유리를 덮어 보호하다', '유리에 담아 보관하다' 등을 뜻하는 동사로도 사용되었다는 사실은 흥미롭다. 『옥스퍼드 영어 사전』은 glass라는 단어를 이런 의미로 사용한 최초의 사람이 셰익스피어라고 보증한다. 『사랑의 헛수고』*Love's Labour's Lost*, 1598에서 셰익스피어는 아름다운 눈을 "임금이 살 만한 수정 속의 보석"에 비유하며, 그것을 보는 사람은 이 보석들이 "어디에 담겨 있는지glass'd" 궁금해한다고 썼다(2막 1장 244~245행).

2   John Donne, *The Complete English Poems*(New York: Penguin, 1996), pp. 46~47[『존 던의 戀·哀·聖歌』, 김선향 옮김, 서정시학, 2016, 68쪽].

3   유리가 근대 초의 시인들이 활용한 강력한 체험적 장치라는 레이나 칼라스의 주장을 다시 한 번 강조할 때다. 내 생각에는 던의 시뿐 아니라 새뮤얼 대니얼이 1603년에 쓴 『운의 옹호』*Defence of Ryme*에서도 칼라스가 개진한 논의의 실례를 볼 수 있다. "모든 연verse은 특정한 척도 내에 한정된 단어들의 구조frame에 다름 아니다"라는 문장은 "세계의 구조에 존재하는 음악적·어휘적 조화는 연을 통해 발현된다"라는 칼라스의 분석과 조응한다. Samuel Daniel, *Defence of Ryme*, 2, p. 359; Reyna Kalas, *Frame, Glass, Verse: The Technology of Poetic Invention in the English Renaissance*(Ithaca and London: Cornell University Press, 2007), p. 59.

4   수학자이자 천문학자이며 엘리자베스 1세의 조언자였던 존 디는 거울에 비친 형상이 단일하고 유기적인 자아에 대한 우리의 감각과 관념을 어떻

게 혼란시킬 수 있는지를 생생하게 묘사한 바 있다. 그가 말하길 "당신이 거울 앞에 (홀로) 서서 칼이나 단검을 거울을 향해 찌르면, 당신과 거울 사이의 허공에 나타난 이미지 때문에 뒤로 움찔거리게 될 것이다. 그 이미지는 당신이 거울을 찌른 것과 같은 동작과 속도로 당신을 찔러 온다"는 것이다. John Dee, "To the Unfeigned Lover of truth, and constant Students of Noble *Sciences*", in *The Elements of Geometrie of the Most Auncient Philosopher Euclide*, trans. Sir Henry Billingsley(London, 1570), sig. bijr.

10 _ 바다 유리

1   Arthur C. Clarke, "Hazards of Prophecy: The Failure of Imagination", in *Profiles of the Future: An Enquiry into the Limits of the Possible*(New York: Harper and Row, 1973), p.36.

11 _ 구글 글래스

1   http://cs.stanford.edu/people/karpathy/glass/.
2   Steve Mann, "My 'Augmediated' Life: What I've Learned From 35 Years of Wearing Computerized Eyewear", *Spectrum*, March 1, 2013.
3   Rebecca Greenfield, "Don't Hate the Dorks, Hate the Glass", *The Atlantic*(May 3, 2013), http://www.thewire.com/technology/2013/05/google-glass-design/64860/.

12 _ 상표권

1   Jacob Gershman, "Google Is Having Trouble Trying to Trademark the Word 'Glass'", *Wall Street Journal*(April 3, 2014), http://blogs.wsj.com/digits/2014/04/03/cracks-in-googles-bid-to-trademark-glass.
2   John Dwyer, letter, USPTO to Google(September 18, 2013), http://online.wsj.com/public/resources/documents/googleglassuspto.pdf.
3   USPTO to Google, p.3.
4   *Ibid*., p.4.
5   *Ibid*., p.5.
6   *Ibid*., p.4.

13 _ 마이크로소프트 홀로렌즈

1   Nick Stratt, "Microsoft's HoloLens Explained: How it Works and Why It's Different", *CNET*(January 24, 2015).

14 _ 「스트레인지 데이즈」

1 Caetlin Benson-Allott, "Undoing Violence: Politics, Genre, and Duration in Kathryn Bigelow's Cinema", *Film Quarterly* 64, no. 2 (Winter 2010), p. 33.

2 Fredric Jameson, *Archaeologies of the Future: A Desire Called Utopia and Other Science Fictions* (New York and London: Verso, 2005), p. 384.

3 William Gibson, "Talk for Book Expo, New York", *Distrust That Particular Flavor* (New York: Berkley Trade/Penguin Books, 2012), p. 46.

15 _ 유리를 통해 어둡게

1 셰익스피어 시대에 널리 읽힌 또 다른 성경인 『1599 제네바 성경』1599 *Geneva Bible*도 이 구절을 상당히 비슷하게 번역한다. "우리가 지금은 유리를 통해 어둡게 보나, 그때에는 얼굴과 얼굴을 대하여 보게 되리니. 지금은 내가 부분적으로 아나 그때에는 내가 알려진 것처럼 알게 되리라"For now we see through a glass darkly: but then *shall we see* face to face. Now I know in part: but then shall I know even as I am known(강조 표시한 부분만 다르다).

16 _ 표면들

1 http://www.inamo-restaurant.com.

2 John Silcox, "BMW i8 Cruises into Mission Impossible Movie", *TheChargingPoint.com* (December 16, 2011).

3 여러 면에서 이 책은 중요하고 대중적이며 매우 창조적인 인문학 분야인 물질 문화 연구의 최근 저서들과 교차하고 있다. 이 책은 Jonathan Lamb, *The Things Things Say* (Princeton: Princeton University Press, 2011); Ian Bogost, *Alien Phenomenology, or What It's Like to Be a Thing* (Minneapolis: University of Minnesota Press, 2012); Levi Bryant, *The Democracy of Objects* (Ann Arbor: University of Michigan Library, 2011) 등의 텍스트를 관통하는 사고에 대한 사례 연구라 할 수 있다. 이 책은 "존재 자체는" 객체들 사이의 관계뿐 아니라 "객체들 그 자체로 구성되며", 주체가 필연적으로 객체화되는 방식을 가시화한다고 언명하는 리비 브라이언트의 개념인 '온티콜로지'ontology를 수용하는 관점을 제시한다.

17 _ '유리로 만든 세계'

1 멀린의 마법 거울과 마주치는 장면은 3권의 칸토 2~3에 등장한다. Edmund Spenser, *The Faerie Queene: Books Three and Four*, ed. Dorothy Stephens

(Indianapolis and Cambridge: Hackett Publishing Company, 2006), pp. 30~68[『선녀 여왕 3: 브리토마트, 또는 정결의 전설』, 임성균 옮김, 아카넷, 59~120쪽].

2 존 디는 유리로 만들어진 세계의 놀라운 사례를 또 하나 제시한다. "신의 피조물들의 전체 틀, 즉 온 세상이 우리에게는 밝은 유리다. 이로부터 우리의 지식과 인내, 빛과 열기 들이 반영되어 튀어나온다. 이는 무한한 신성, 전능, 지혜의 이미지를 표상한다. 하여 우리는 창조주인 신을 찬미하도록 가르침을 받고 설득되었다. 그러므로 우리는 감사해야 한다." John Dee, "To the Unfeigned Lover of truth, and constant Students of Noble *Sciences*", in *The Elements of Geometrie of the Most Auncient Philosopher Euclide*, trans. Sir Henry Billingsley(London, 1570), sig. bjv.

후기 _ 내 주머니에는 무엇이 들어 있을까?

1 "The Truly Personal Computer", *The Economist*(February 28 to March 6, 2015), p. 19.

2 아이폰뿐 아니라 다양한 스마트폰과 태블릿 PC가 코닝의 '고릴라 글래스'Gorilla Glass를 스크린에 사용한다. 아이리스 글래스Iris Glass, 윌로 글래스Willow Glass, 로터스 글래스Lotus Glass 등의 다른 인터랙티브 유리와 마찬가지로 이러한 제품명은 유리를 생명과 연결된 것으로 보도록 우리를 초대한다.

찾아보기 ____